沧城

阿措 著

云南人民出版社

果麦文化 出品

总有一天，

她们会擦干自己所有的眼泪。

不再有死亡，

也不再有悲哀、哭号、疼痛，

因为以前的事都过去了。

目录

尾声
275

女赶马
153

斋姑娘
83

水仙
15

沧城东街
1

沧城东街

有一年冬天，沧城出了一件大事，仙婆子死了。大家奔走相告，传得神乎其神，说这果真是一件大事，我们县城，终于有了一件大事。

仙婆子是给人毒死的。据看见的人说，那天傍晚，漫天的晚霞散尽，天黑下来，仙婆子不知道从哪里出来，吃得满面油光，一身的酒气。她歪歪倒倒，唱着沧城人听不懂的歌，险些撞翻糕点铺门口还未收进去的笸箩。刚刚走到家门口，仙婆子就一头栽倒，头碰在路沿上，七窍都流出黑血来。

我妈说，自此以后，仙婆子租下的屋子，就再也没有开过门。我自小也见那屋子，是个洞穴般的门脸，仙婆子隔成里外两间，外间做生意，里间自己住。仙婆子死了几天后，房东杨枪头的老婆把铺子里的东西收出来一大堆，摆在门口卖，边卖边骂。

"背时了，这个老贼死在我家门口，害老娘铺子租不出去，这个烂厮，活该遭毒死。"

仙婆子卖的瓶瓶罐罐、杯杯盏盏、纸钱纸锞子、香烛纸马，还有不知道放了多少年散发出一股霉味的草药根茎，乱七八糟地堆在地上。

扫街的嫌弄脏了刚刚扫过的地，来骂杨枪头老婆。两个人对骂起来。

"你黑心黑肝烂肠肚，活该你家门口要死人。"扫街的说。

"是了，我家门口明日就死人，死你这个狗日的烂厮。"杨枪头老婆说。

这样的骂架，在沧城里到处都是，也没有什么人看她们，大家各自做活路。骂了好一阵，两人歇下来，扫街的换个地方去扫，杨枪头老婆继续卖那堆东西。有人过路,杨枪头老婆就喊:"随便给多少都得,给钱就卖了。"

但毕竟都知道是死人的东西,再怎么便宜,也没人买。我妈妈说,她听着消息去望了一望,最后也是不敢买。到晚上,还是扫街的帮忙才把东西收到三轮车里拉走了。杨枪头老婆把纸钱纸锞子放在仙婆子死的路沿上烧。

"狗日的,这么多东西,拉去能卖好些钱!"杨枪头老婆说。

"老娘背时,家门口碰到死人,还要被人占便宜。"杨枪头老婆说。

"仙婆子你也是狠毒,算别个的命算得那么准,晓不得你个人是这么个造孽死法。"杨枪头老婆说。

最后,杨枪头老婆把仙婆子留下的香烛纸钱都烧完了,路上一股香烟的味道,地上留下黑黑的一大摊。杨枪头老婆站起来,叹一口气,眼神突然温柔起来。

"你也是可怜。"杨枪头老婆说,"这些锞子都是你自己叠的,如今都烧给你。这么多,你下去了,怕是能当个富婆。"

仙婆子七十多岁了,无儿无女,一直在东街尾开个小店。别的店都尽可能把自家门脸收拾得齐整阔敞，恨不得个个过路都瞧得清楚，一点不怕羞。但仙婆子的铺门口堆了土陶大缸，大缸上垒小缸，小缸上垒土瓶，土瓶上垒油茶罐，挤挤挨挨，把门脸堆得光线不进，像个洞似的。铺里除了卖这些土陶器具，还卖香烛纸火，卖草药根须和粉末，还给沧城的女人算命。

虽然店铺像个洞穴，仙婆子自己倒是开朗，谁过路都打招呼。过路的人若是有空，她就拉着人家坐在门口，能聊半晌。没空也没关系，她自己跟自己嘟嘟囔囔，有时候用沧城话，有时候用不知道什么地方的话。

平日里，我们看见仙婆子歪在门口的小草墩上做她的活路。早晨，她用一个看不出原本花色的搪瓷脸盆生一堆火，把一个拳头大的油茶罐坐在上面煨。仙婆子放指甲大的一块腊油进去，又撒一口米，油茶罐就滋滋地响；仙婆子看油热了，就冲上开水，顿时饱含油脂的烟雾四散腾开，被火星惹燃了，就呼啦蹿起一股火苗。水开了，仙婆子就掰一大坨砖茶丢进去，再撒几粒盐。

油茶罐小，仙婆子歪在那里慢慢煨，一上午就这么过去了。有时候我们过路，她就大声招呼，喊我们喝一口，拿过一只小瓷杯。小瓷杯上画着大公鸡，或是红鲤鱼，还有小房子，反正是很好看的。仙婆子的茶熬得苦，我们不爱喝，她也不十分客气，不喝就算了。下午，太阳照到仙婆子了，她就坐在门口叠纸钱，还有纸锞子，叠好的用线穿成一串，挂在门口。

有女人来找仙婆子算命时，她才从门口的草墩上站起来，慢吞吞地把人让到铺子里。铺子里也不开灯，两个人就黑洞洞地坐着，细细碎碎地讲。

"你最近家里不平安啊。"仙婆子说。

"是了，请仙婆婆帮忙看看。"来人说。

这便是仙婆子算命生意固定的开场白，有人就说她骗人，毕竟人家是来算命的，肯定不甚平安，平安的人谁花钱算命啊？但也有算过的女人说，她看得是准，连人家乡下宅院里的格局，水井的方向，水井旁边有棵石榴树，石榴树被人扎了钉子，她都能看出来，很是有本事。

仙婆子算命算下来的结论，要么是得罪了妖鬼，要么是祖上造孽，要么是积德不够，如今都要报在来算命的女人身上。再不然，就谁都没有错，但是天意如此，你有什么办法。仙婆子话多，讲着讲着，两个人就不算命了,也不讲祖上造的孽了,转而去讲自己这辈子遭的罪。沧城女人惯于说自己命苦,常常愤愤不平。

"我祖上造过什么孽,我哪里晓得?我也没有享着福,如今却要报在我身上?"女人说。

"这个是没有办法的事情,而且你也享福了,你祖上不造孽,都生不得你出来。"仙婆子就说。

"我家那个狗日的东西出去惹祸,现在惹来鬼缠身,关我什么事?倒要我来遭报应!"女人说。

"这个报在你身上是没有办法的,你再不好好积福,往后更管不了家里的人。"仙婆子就说。

女人哭哭骂骂,叫喊一通,泄了脾气,就愉快起来。照着仙婆子的吩咐,过了钱,然后到西街的菜市场去买几尾泥鳅,放到河里去,事情就过去了。

有些女人来过一次就不来了,大概是问题得到了解决。有的女人来了又来,哭了又哭。跟仙婆子混得熟了,再算命,仙婆子就给她们很便宜的价格。有时候女人哭得动情,仙婆子就把衣袖一层一层卷起,给女人看她的胳膊。仙婆子年纪大,衣服穿得繁,即便里面的胳膊干瘦如柴,卷起所有的袖子也颇为费劲。

仙婆子给女人看她胳膊上粗糙的刺青。"你算什么命苦?你看看我,我是被土匪抢过、做过伢子的人,你苦得过我?"仙婆子说,"我都好好活着呢。"

每次,女人都要汪着一包眼泪,唏嘘不已,细细地瞧那刺青;想摸摸,又觉得不洁净,还是算了;想来想去,觉得确实如此,自己再如何命苦,也不曾被土匪抢去,不曾做过伢子,既然如此,日子也还能过。

于是女人高兴起来,擦净眼泪,走开了。走在路上,觉得自己过得还可以,自己为人也好,毕竟还有教养。"我如果做过伢子,给糟蹋过,决计不会告诉任何人,说不定就不活了。她怎会如此不要脸皮。"女人想着,脚步就轻快起来。

别人问仙婆子,怎么她这里总有女人来,看来确实是算得准。仙婆子就大笑,说她这里伺候死人,也伺候活人,伺候没病的算命,伺候有病的买草药,本事大着呢。

对了,仙婆子虽然年纪大,脸上密布沟壑,头发已雪白,但她仍然是一个很好看的女人,皮肉白净,眼神清亮,身材虽细瘦却不弯不折,直苗苗的,衣裳也清清爽爽。

她被毒死了，可是该说不说，除了"被毒死"这件事晦气，我倒是觉得她的死本身还是挺好的，跟她本人一样，清清爽爽，利利索索，不折腾她自己，也没麻烦别人。

沧城很久没有这样的大事发生了，大家都有些激动。讨厌仙婆子的和不讨厌仙婆子的，都喜闻乐见，奔走相告。

许多关于她过去的事，也被反反复复地翻出来，在各人的嘴里咀嚼咂摸，津津有味。仙婆子活着的时候，曾经与人讲话，人家问她："给人算命是泄露天机，难道你不怕鬼神？"

仙婆子说："我怕个屌，我又没有害人，怕什么鬼？人死灯灭，人一死就被忘得干干净净，这才是天机。"

可如今仙婆子死了，她不仅没被忘记，反而被大家咀嚼咂摸，也不知道她高不高兴。

管她高不高兴，反正沧城人是很高兴的。从她幼时如何美丽，到她如何做了伢子，如何家人死绝，如何变成个会通灵的巫医，如何做的皮肉生意，如何救苦救难，如何坑蒙拐骗，如何死在街头仿佛一条烂狗，桩桩件件，不知是真是假，但都十分好听。沧城好久没有这样的盛事，那些仅仅是跟她买过纸火或是偶尔算命的人，也唏嘘着，兴高采烈加入关于她的旧事重提。

沧城是这样一个坝子，地方很小，人口不过万，两条路笔直交叉，把县城划切成"东街""西街""南街"和"北街"，像个棋盘。店铺沿路铺开去，勉强算得整齐，四个"街"各自有数不清的小巷子，挤挤挨挨。往外，是广袤的田野，按时长出水稻、玉米和蚕豆。再往外，就是无边的山峦。横断山脉的山，多得像风中湖面的水纹，沧城趴在中间，像一只平平整整、四脚伸长、随波而去的水龟。

在滇西北，这样的小坝子有很多。一个坝子是一片天地，人们穿不一样的衣裳，讲不一样的话，说到头也都差不多罢了，就像地里长出的不同庄稼，又能有多大不一样呢。但沧城人不这么想，你要是问到沧城人，他们就说："我们不一样，我们是皇帝屯兵来的，我们读诗书，讲礼义。"

皇帝屯兵是多久前的事情？到底是哪个皇帝，皇帝又是怎么屯的兵,也没人晓得,但反正沧城是不一样的。你再问得详细些,沧城人就说:"我们吃个饭睡个觉,都是有传统的,不像别处的人,做什么都没有规矩。"

什么传统?什么规矩?那就再讲不清了。

仙婆子所在的东街,算得上沧城最热闹的地界。每隔五天,就是沧城的街子天,从四周乡坝过来的农民和周边山上下来的山民便赶到东街,把背篓卸下来,拿一块塑料布垫着,把货物平展铺开。四季的山货野物,农家自养的鸡鸭禽蛋,五谷蔬果,还有外面运来的保暖内衣羽绒服、印度神油降压茶,以及临时出摊的凉粉凉面、冰粉饵块,把短短一条东街塞得水泄不通,尘土飞扬,过不得车。人人都在讲价,人人都在叫喊,中间还有劣质音响惊天动地的广告和山民的骡马嘶鸣。

时不时地,街子天的东街头还会停着一辆面包车,用超大音量循环播放"啊这个人就是娘,啊这个人就是妈"。音乐很抒情,但面包车上架着的广告牌上却是一个搔首弄姿的香艳美女,常把过路的学生看得目瞪口呆。面包车旁边有人发传单,预告晚上在沧城唯一的电影院将有火爆演出。这电影院名不副实,说是录像厅更为合理，屏幕很小，放的多是刺激的港台盗版光碟。演出广告说得火爆，其实沧城人早就看透了他们的把戏——一些不甚高明的歌舞和杂技罢了，实际上耍杂技的女人不怎么美，也不怎么香艳。

因为有这样的街子天，仙婆子过去的生意做得容易。一方面是街子天人多，有些山民的女人趁此机会便来找她算命。另一方面她所卖的药材，便在这街子天里直接进货。山民们挖来草乌、重楼、石斛、金不换，摊子就摆在她铺门口，她就细细地挑，然后大声地跟人家讲价。她讲起价来恨不得是拦腰砍去，常把初来卖药不识市价的年轻山民砍得冷汗直冒，赶紧一背篼全称了给她，落个清净。

要是你问，那为什么还有人跟她买，不直接跟山民买，她就说，她卖了多少年草药了，真药假药，好药赖药，还有谁比她懂得？

那也有理。不懂得草药的沧城人，还是跟她买，贵点也无妨。人家都说，仙婆子算命骗不骗人不知道，卖的药倒都是真的。

若是没有要买的药，也没人算命，仙婆子就在路中间裹挟别人，也被别人裹挟着，慢腾腾地走。时不时地，有山民牵来的骡马当街拉屎，圆滚滚的屎坨子落地的"啪嗒"声还没响，仙婆子就先叫嚷开了："讲文明啊！讲文明！哪家的牲口，找个兜子套上。"有狡猾的山民卖假蜜，割了空的蜂巢伪装，仙婆子也上去说："你卖这个也可以，但是你不能卖得跟真的一样贵。"有的山民害羞脸红，她便住了嘴。有的大大咧咧不听她，她就叹一口气，继续往前去。在街头遇到那辆"香艳刺激"的面包车，她也站着看。发广告的人看她年纪大，说："奶奶，这个你看不得。"

仙婆子就说："我有什么不懂？有什么看不得！奶奶我当年——"

人家被她说得害羞，只得塞张广告给她，她又不接："我不看，谢谢了，你发给别个去。"走了几步，又回头说，"不要发给学生，那要不得。"

这条路上的每个人，都见过仙婆子，都熟悉仙婆子，至少是从传闻里熟悉过她。比方说我吧，我不曾与她说过许多话，却也感觉跟她熟得很。在我印象里有一个画面，连我自己都不晓得是发梦，还是我真的见过。画面里,我看见她站在风吹过的山坡上,向天伸出手,嘴里咿咿呀呀地唱着歌。一大群燕雀在她头顶盘旋,像是循着她来似的,吱吱喳喳,叫声传出老远老远。

水仙

小时候,我听我妈妈说过不少仙婆子的闲话。

说仙婆子小时候,是很漂亮的。你看着她瘦啊,其实结实得很,胳膊上面肉团团的,在山上跑起来,比麂子还快。

我说你乱讲,你没有见过,怎么晓得。

我妈妈说:"我小时候是见过她的。"

可是这话不真。仙婆子小时候,我妈妈还在她妈妈的腿肚包里转筋,都没有被生出来。

我妈妈说:"她回沧城的时候我见过,那时候她还年轻的。"

我说:"可是那时候你还是个婴儿呢,你怎么记得?"

我妈妈就有点不高兴了,问我:"你听不听?不听滚出去。"

话是这样说的。但仙婆子小时候到底什么样,那确实没有人讲得清,毕竟瞧过的人都死完了。但她回沧城的时候是什么模样,还有很多人记得。

仙婆子刚回沧城的时候,住在东街一个宅子里。那以前是糕点铺,后来糕点铺没有了,屋里住了好几户人家。仙婆子住进原本临街的铺面,没有窗,倒有一个老大的门脸,只能用木板子钉上,于是屋里不见光,偏又吵闹得很。一大早自当路上有了人,里头就吵得睡不成觉。

仙婆子是解放军送过来的,说是救下山的伢子,男式的军装穿在身上空荡荡地摆,一脸的皱,头发都搓成毡子了。邻屋的人望着可怜,一户户翻箱倒柜,拣能用的东西给她送了来。有干部送来铺盖和粮食,还送来一些钱和两套蓝布新衣裳。邻屋送来些旧木板,给仙婆子搭了个铺;又送来两个豁口的瓷碗,一个坐歪了的草墩,一个旧搪瓷脸盆,还有一个油茶罐。

仙婆子也不客气，人家送东西来，她手一指，也不去接，就让人家搁在地上。人家送来两个烧洋芋，她坐在草墩上，抓着就撕了往嘴里塞，噎得伸脖子。

邻屋的女人看她身上脏，要打水帮她洗。仙婆子肩膀一扭，便自顾自去井边打水。她把衣裳一脱，往桶里按了两把，便当作毛巾擦洗起光胴胴的身子来。院坝里的女人们被吓得变了脸色，赶忙撵着自家的男人回屋里去。男人回头要看，被女人喝骂止住。女人闩上了门，却悲从中来，跟自己的男人说："你瞧瞧，多好的姑娘啊！狗日的土匪，狗日的旧社会！"

回到沧城的时候，仙婆子三十几岁，虽然面貌粗陋，但看着仍然像个小孩子，一举一动，像个小马鹿般跳脱。她洗净了身子，不知道上哪里摸了个剪子，把鸡窝般的头发一把剪去，虽乱七八糟像马啃的一般，但好歹也清爽干净了。看仙婆子穿整齐后，坐在院坝中间太阳地里掏耳朵，女人们才又围了上去，七嘴八舌又小心翼翼地问她话。

"妹妹，你从哪里回来的？"一个女人问。

"打鹰山。"仙婆子说，仍旧歪着脑壳掏耳朵。

打鹰山那样大，像天神立在大地上的屏风。仙婆子这话在沧城女人听来，跟"我从天上来"也差不多，反正都不晓得是哪里。

"你的家里头人还在不？"一个女人问。

"死完了，一老早就给土匪打死了。"仙婆子说。她的袖子卷起，露出胳臂上的刺青来，歪歪扭扭，也看不出是个什么，像一团青黑的蚯蚓，趴在胳臂上。

女人们望见刺青，又听她这么讲，便开始掉泪，咒骂一阵旧社会。一个女人又问："你喊个什么名呢？"

"水仙。"仙婆子说，"邱水仙。"

一个婆娘猛地一拍大腿："老天爷哎！你是水仙？天哎，你是邱大夫家的水仙！"

另一个近几年才嫁过来的女人说："邱大夫是哪个？"

认出仙婆子的女人已经哭起来了："天哎，我们还以为你们一家都死了！谁晓得你竟回得来！造孽啊！"

女人们叽叽喳喳，讲起往事——

"邱大夫那价好的人啊！"一个女人说。

"死得惨啊！"一个女人说。

"你又没有见过，你怎么晓得怎么死的。"一个女人说。

"给土匪抓了去，能得好死？"一个女人说，"我听见讲土匪会吃人，也不杀，也不剐，活捆了烧。撒了辣子面，拿刀子掞肉来吃了，人还没死透呢。"

"莫瞎讲了，人家水仙听着伤心。"

女人们讲不下去，只得哭作一团。

而仙婆子仍旧掏耳朵，只当不是在说自己的事似的。她头发晾干了便回屋，剩下一群女人，仍旧在太阳地里坐着，叹一阵，哭一阵。

仙婆子进屋了，于是她们又开始讲。

仙婆子被抓走的前些年，父亲带着她和妹妹住在沧城西北头的观音箐里，开一个药铺，也给人把脉。观音箐是一条箐的名字，也是一座庙的名字。打鹰山余音袅袅的末端和正要徐徐展开的蚂蟥山在这里擦肩而过，留下一条又深又长的箐。传说，明朝皇帝来这里屯兵的时候遇着土人造反，杀了不晓得多少土人，尸首堆在箐里，几乎把箐填平。于是这里变成个鬼地，尸首也不腐烂，堆积如同山石一般，弥漫出浓雾般的瘴气，碰着便会全身烂掉。

箐外驻扎的兵夜夜听得鬼哭，哪里还敢屯田种地。鬼气罩得久了，坝子四围的河溪统统断了流，挖井挖下去几丈深也不见一滴水，大概是连龙王爷都被吓跑了。

最后，是一个赤脚老太婆进到箐里，把脚往山石上一踩，就是一个老深的脚印。老太婆踩出一长串脚印，走出箐，往东边去。哪晓得，那些堆了几年不腐的尸首，竟淅沥沥地化成了清水，沿着老太婆的脚印，流出箐，往东边去了，淌成贯穿沧城的踏脚河。

当兵的这才晓得，这老太婆是来度人的观音。尸首没了，鬼气散了，龙王爷回来了，地下水又汩汩往外淌。当兵的这才放下心来，熔了皇帝的刀剑，打成锄头和镰刀，开始种地盖屋建城墙，娶当地女人做老婆，生一堆一堆的孩子，建了如今的沧城出来。于是箐便有了名字，喊个观音箐。观音箐的水是沧城最甜的。

为了感念观音的慈悲，沧城人在箐里盖了个庙，也喊个观音箐，箐里有个观音像，深深嵌刻在石壁上。观音箐一年四季香火不断，尤其是从除夕到十五，四围乡坝的人都要来烧香。人太多,跪下去可能就要被踩翻,几乎是连头都磕不成了。于是就有庙祝当上了指挥,时辰一到,把人放进去,大家找个地方站好,便再也不挪动了。先进的挨观音像近,后进的挨观音像远。密密匝匝,蜂群一般,整个观音箐香烟滚滚,呛得人睁不开眼睛,只晓得流泪。当然了,有多少人是借着这香烟的由头好好淌一淌眼泪,那也说不定。

等庙祝大喊:"跪——"

大家就一起往下跪,把头在石板铺的地上砸得咣咣作响。

仙婆子回沧城的时候,观音箐已见不得如此面貌。泥塑的神像都给砸烂了,磕头的人是没有了。毕竟那阵子搞不得封建迷信,只剩下那个刻进山壁上的观音像,竟是出了奇的坚硬,砸也砸不烂,那就算了。观音箐空落下来,只住着几个脑子出了问题的疯人。有两个疯人,过去是有脸面的人物,住在庙里竟还讲究,每日把观音像擦干净了,还摘些野花供在那里。这也算得牛鬼蛇神封建迷信,不过疯都疯了,就由他们去。

总之,仙婆子回沧城的时候,观音箐没得什么人了。

但她当年被捉走的时候，观音箐还是相当热闹。

那时候，仙婆子还被喊作水仙，有个妹妹喊作木仙，还有个爹喊作邱大夫。一家人住在观音箐外面的土房里，开着个药铺。

有人问邱大夫，这观音箐毕竟离城远，住这老远的又不方便生活，又不方便做生意，怎不搬进城里去。邱大夫就说，这治病救人讲个缘分，挨着观音开药铺，观音让他救哪个，他便救哪个。

其实水仙晓得，她爹把铺子开在此处，捡了观音的便宜。来观音箐拜的，有多少是求财求子求姻缘的，这个不晓得，但也有好多人就是病了来求平安的。人见了观音像，香烟升起来，便坐着呜呜地哭一阵。眼泪淌干了，话也讲完了，人被烟子熏得晕头转向，昏头昏脑地出来，抬头就看见个药铺。

这不就是观音给你指的路？

邱大夫医术如何，水仙不十分清楚，但他肯定是个好人。邱大夫的药卖得不便宜，但他也不贪，看得了就看，看不了就让人家出去。遇着穷人家讲价，邱大夫说，药不讲价，你若是没钱，就送你了。一般人家也不好意思真收，真是实在困难的也就收了，邱大夫好好地给人家包了药，送出门去。

邱大夫的病人有看好的，也有看不好的。但是看不好只能说明老天不想要你病好，说明你心不够诚，那也没得话讲，回去怪自己。

水仙自小便跟着她爹上山采药，在以农为本的沧城，她一家像看老天爷眼色的巫人。今天出去有没有药，是天意。有的多还是少，是天意。毒药还是良药，是天意。有些药长在悬崖绝壁，能不能采得回来，也是天意。不过这个天意不是对着水仙，而是对着病人。如果采到了什么药，正好来了病人要用，那就是天意救命。病人来了没有药，那就算了。

甚至，采到毒药也是天意。人有时候病得苦恼，就赌气般说："邱大夫，你搞点草乌来我吃了算了。"

偏偏有时候，真就有头天刚采来的草乌。邱大夫就真个问人家："这个有，你真要？"

人又犹豫了，嗫嚅半天，最终还是走出门去。

水仙就问她爹："天意都给了，他怎么不吃？"

邱大夫说:"这是老天爷觉得他可以死,但他还想活。"

邱大夫告诉水仙,这天上地下,人是最愚钝蠢笨的东西。无论是老虎狗熊,还是鸟雀鸡犬,所有的动物,都晓得天地恩慈,不消哪个去教,就认得哪些草有毒,哪些草是药。你看那些动物病了,自己也晓得去找药来吃,而人病了,非得跟着动物学不可。

再有,动物们都晓得自己的生死。生下来,就活着,该飞的去飞,该吼叫的吼叫,该做食的就去给别的动物吃。动物要死了,也不消哪个教,自己晓得天意。猫狗知道自己要死,就走出门去。老鹰知道自己要死,就一直往云里飞。虎豹知道自己要死,就去金沙江边悬崖上等死了,身体变得轻飘飘,风一吹,就吹到江里,随着水去了。

只有人不晓得生死,生下来不晓得要做什么,只能看别人怎么活着,自己也怎么活着。天意要他死了,他也不晓得,还硬着脖子想要活。其实活着干吗呢,那也不知道。

这样的话,邱大夫跟水仙说,也跟病人说,仿佛这就是他人生最相信的道理。可是当他一家子被土匪捆了,拴在马尾巴上往打鹰山走的时候,他却突然不认了。

"爹，天意是不是要我们死？"水仙说。

"莫瞎讲，天意要我们死，先前就死了，哪里拖到这时候。"邱大夫说。

"你不是说，人要死时，自己也不晓得。"水仙说。

"莫多嘴。"邱大夫说。

水仙一家人是在一个冬天被抓上打鹰山的。过去，冬天也常有土匪下山打劫。冬日山里没了粮食，离他们最近的鱼米之乡沧城就成了粮仓。土匪下山，什么都抢，金银自是不提，还有锅碗瓢盆、牛羊猪鸡，能带走的通通带走，带不走的就地杀了吃掉，吃不成的就砸掉。人他们也抢，抢上山去做伢子，也就是奴隶。男的给他们做活做到死，女的就生小孩，生的小孩也是伢子，仍旧做活做到死。

沧城人对于跑土匪有着丰富的经验。一听说消息，家家就收拣不多的细软，一溜烟跑完了，乡下有亲戚的去乡下亲戚家，认识大户的就钻进大户家。衙门忙着调兵去外面打日本人，还要忙着调遣马帮运枪支货物去前线，大概也管不动这许多事。等终于调好兵撵杀过来，土匪早已经吃饱喝足，扭头回了打鹰山。

衙门也不大追，反正追上了也没有多少东西，还要费劲打一仗，万一兵给打死了怎么办。这年头的兵有一个是一个，何苦损失一趟。所以搞到后来，土匪便和沧城人有了默契。下山来，吱哇吼叫，吃喝一场，掉头就跑。衙门派兵叫嚷，假意追上一通，也便回来了。

偏这一回，土匪下山换了路走。他们没有走距离沧城最近的路，偏偏走了观音箐。大半夜的，观音箐没有人烧香，土匪们出了箐口，迎头就进了邱大夫的药店。

水仙原本带着妹妹木仙在里屋睡觉，只听得外头一阵砸门声，又听邱大夫着急忙慌地喊"来了来了"，接着就是翻箱倒柜，乒零乓啷。等她穿好衣裳出来灶屋里看，邱大夫已经给捆了，低头坐在灶跟前，一声不响。灶台上煮了一锅水，七八个衣衫褴褛背着枪的男人，正在杀鸡的杀鸡，倒米的倒米。

水仙把铺上仍旧睡觉的木仙摇醒来，给她穿好衣裳，把一个布娃娃塞在木仙怀里，然后出来伸手让人家捆了，跟邱大夫坐在一起。

"爹，我们是不是要死了？"水仙问。

"莫说话。"邱大夫说。

"天意怎样讲？"水仙说。

"莫说话，他们等会儿就走了。"邱大夫说。

木仙本来睡得梦梦冲冲，不晓得在做什么。待她睁了眼，望见那几个鬼一样的土匪，立时吓得放声哭起来。邱大夫赶忙去哄，奈何给捆了，只能嘴里不停地"嘘——"

一个土匪走过来，捏一把木仙糊满了眼泪鼻涕的小脸，笑了笑。水仙只当他是个好人，没想到他一个耳光就甩在木仙脸上，把个小丫头打得晕头转向，哭声哽在嗓子里。

屋里又安静了，只剩下灶火噼里啪啦地响。土匪煮了鸡，用锣锅焖了饭，还在灶洞里烧了几个洋芋。几个土匪摸到了邱大夫的药房，发现了他泡的药酒，高兴得哈哈大笑，搬到灶屋里来。几个土匪于是坐在地上，一阵大嚼。

"他们要吃酒了。"水仙说。

"让他们吃。"邱大夫说。

"吃不得。"水仙说。

"这是天意。"邱大夫说。

邱大夫说完，闭上眼睛，平心静气，仿佛睡着了一般安稳。

土匪开了一坛子酒，倒出来，颜色青紫。水仙松一口气，是桑果酒。

土匪又开一坛子酒，倒出来，颜色红黄。水仙松一口气，是五味子酒。

土匪又开一坛子酒，倒出来，颜色墨黑。水仙忍不住了，大喊起来："莫喝！喝不得！"

只听邱大夫长长叹了一口气。领头的土匪端着酒，望着水仙走过来。

"你说什么？"土匪说。

"这酒喝不得。"水仙说，声音颤抖。

"为什么？"土匪说。

水仙吓得只会发抖，土匪已经逼上来，扯住了水仙的头发。

"有毒。"邱大夫说，声音仍然平平静静，却像是泄了气了。

"这是草乌酒。"邱大夫说。

土匪回头喊住他的同伙，把酒泼在地上。他放开水仙，又深深地望了她一眼，仍旧回去吃肉。水仙不晓得什么时候哭了起来，泪水淌了一脸。

"爹，我是不是坏了事了。"水仙说。

"没得事，这是天意了。"邱大夫说，又闭上了眼睛。

到打鹰山这年，水仙十二岁，妹妹木仙只有八岁。上山第一天，木仙就死了。她也不是第一个死的，早在上山的路上，一同被抓的沧城人就死了几个。两个是试图逃跑被一枪打死的，一个是年纪大了的老太婆，实在饿得走不动了，被土匪一脚踢到了崖子下面。还有一个女的，小声哭了一路，眼看着土匪的寨子就在前面了，突然说："死了也不能给土匪糟蹋。"

然后一头碰在山石上，碰死了。水仙觉得这还不如一早就碰死算了，如今倒是白走了一场山路。

木仙光是这几天的山路走下来就已经半死不活，又被送去土匪头子的木屋里，折腾了一宿，惨叫了一宿，不到天亮就安静了。

土匪倒是没碰水仙，只把她和邱大夫连着一同被抓的几个人，一起捆在羊圈里。水米不给，大家饿得头昏眼花，听着木仙哭号，水仙连骂人的力气都没有。

水仙觉得这回是真的要死了，就问她爹："这回是天意了？"

邱大夫说："天意要你死，一早就死了。"

又过了一天，土匪扔进圈里几个烧洋芋。邱大夫说："你看，天意。"洋芋落在羊粪上，但几个人仍是背着手，狗一般跪着啃了那洋芋，被噎得直翻白眼。一个瘦得像鬼一样的秃头伢子拿了烧得通红的针进来，还有一瓶子不晓得什么东西做的黑汁，要给众人刺青盖印，证明他们是这个寨子的财产。邱大夫乖乖把手伸了去。

"怪好的。"邱大夫说，"戳了印，我们就是伢子了。他们不杀伢子的，你瞧，天意叫我们活着。"

"只是可怜木仙。"邱大夫说。他眉头微微皱着，胳臂上爬上一团黑蚯蚓。

水仙也乖乖把手伸了去，只觉得火烧在胳臂上，但也不觉得有多疼。她心里坠着好重的一兜眼泪，想要为木仙哭一场。可水仙也有点放下心去，毕竟她和父亲，都还能活着。

可过了不到一年，邱大夫也死了。死的时候，他一点也不像曾经当大夫的时候那样干净体面。不到一年的犁地、砍柴、饥饿、寒冷和殴打，把他变得跟别的伢子没有任何不同，黑瘦得像只鬼了。半夜里，水仙听见他呼哧乱喘，胸腔里发出吭吭的轰鸣，倒像是里头有个吹火筒。水仙凑过去。

"天意到了。"邱大夫说。

"莫乱讲，天意要你死，一早就死了。"水仙说。

"如果土匪要糟蹋你，你怎么办？"邱大夫说。

"我一头碰死，得不得？"水仙说。

邱大夫艰难地摇头，把水仙的耳朵扯到自己跟前。水仙闻到邱大夫嘴里发出来腐烂的臭气。

"不得，不得，你就忍着。"邱大夫说，"过一阵，他们就走了。"

"我忍不了呢？"水仙说。

"天意让你活，你就忍得了。"邱大夫说，"我想过了，当初你为什么把他们喊住，这是天意，天意要让他们活。"

"你喊了，你救了他们的命，他们就不会杀你，这也是天意，天意也要你活。"邱大夫说。

"我不晓得怎么活。"水仙眼泪滴下来，落在邱大夫脸上。

"不晓得，你就学，学羊子，学鸡，学老鹰。"邱大夫说。

"人就是蠢钝,但是也聪明,有人就跟人学,没有人,你就跟天学。"

水仙觉得这话实在伤心,就想讲点高兴的话:"土匪才蠢呢,你记不记得,以往你说把火腿藏在灶灰里埋着,来吃白饭的人就看不着,土匪来抢也找不着。"

"记得。"邱大夫说。

"他们真个就没找着我家的火腿呀。"水仙说。

邱大夫就笑了,笑得阴惨惨的,胸腔里咯咯作响。水仙晓得,再不赶忙讲话就来不及了。水仙发现,自己对于人间好似一无所知,自己是如何长大的她不晓得,父亲是如何长大的她也不晓得。她像是突然而然,一个光身被丢在这里,不晓得以前,也不晓得以后。

可是对一切都不晓得的时候,连问话都不知从何问起。水仙什么话也讲不出,只得陪着邱大夫笑起来。

笑完,邱大夫就死了。

打鹰山的日子过得快。春天来了,冬天又来,一年就过去了。刚上山时,每个伢子都分得一匹羊毛毡。邱大夫的那匹跟着他的尸首被烧掉了,水仙分的这匹就一年到头地披着。羊毛毡是黑色的,可能也不是黑色,可能是别的颜色,只不过水仙得着它时已经是这副模样罢了。

水仙要做的活路是放羊。这在打鹰山算不上是重活,大概像邱大夫说的那样,土匪记得水仙救过他们的命,对她有稍微的仁慈。跟水仙一起被抓上山的几个伢子,被分配去种洋芋和苦荞,吃的也是洋芋和苦荞,没过几年都死了。可能是累死的,可能是饿死的,也可能是逃跑被别的寨子抓住,认着刺青送回来,给打死的。谁知道呢。还有一个安排去给土匪太太做用人,因为太困睡着了,竟忘记给火塘添柴,让火熄灭了,犯了土匪的忌讳,当场给拖在门口,用棒棒打死了。

一同上山的沧城人都死了,给水仙刺青的秃头伢子也死了。到死,水仙也没跟他说上一句话,也不晓得他为何而死,总之是死了,只剩下水仙还活着。过去的记忆都没有用,以后的事情她管不了。只能先活着。

放羊的活计,看起来几乎是自由的了。带一条狗,撵着羊出去,便连着许多日都在山里头,也没有人看着,也没有人管着。土匪好像一点也不怕水仙逃走,她也确实逃不走,这打鹰山是一个巨大的迷宫,有茂密的云杉、雪松、灌木,还有江河和悬崖,隔绝出一片生机勃勃的幽暗与死寂。循着路走,会遇到其他山寨的土匪,死路一条。不循着路走,会遇到猛兽,也是死路一条。

甚至,即便在规定的林地里放羊,水仙也见过狗熊叼羊。狗熊大概已经默默逡巡许久,趁人不备,便如泰山压顶一般猛扑过来,叼一只羊走。不过这样的事土匪是不计较的,狗熊叼羊不能算成放羊人的过错,再说他们也不如何数算羊的数目对不对,水仙只要当心自己不要被叼了去就是了。

除此之外,还有寒冷。打鹰山太高,人间的热乎一点也沾染不上,哪怕是六月里下起雨来,也把人冻得发抖。水仙有个问题想不明白,这里这么高,明明离太阳更近,怎么如此的冷?大概是日光也觉得此地凄凉,不肯将热度给来一点吧。

水仙原本穿的衣裳几乎烂成絮了。这羊毛毡白天是她的衣裳,夜里就是她的被褥,下雨时也能当个雨披来遮挡。时间久了,羊毛毡又硬又重,铁板一般,水仙扛着它走来走去,感觉自己像一个把房舍搭在背上的蜗牛。

打鹰山没有夏天，即便是有，也只意味着更多的风雨和冰雹。有那么几次，水仙蜷缩在羊毛毡里，外面是铺天盖地的大雨。水仙想着，羊有羊毛，熊有熊皮，偏只有人赤条条的。

水仙想，如果有一件熊皮做的衣裳，不晓得要多么暖和。

水仙又想，若是给熊吃进肚里去，不就穿上熊皮衣裳了吗。

这么想着，水仙一边发着抖，一边就笑起来。

打鹰山的天气变得多么快，前一阵日头还顶着，过一阵雨就下来了。再过一阵，云又散了去，就像锅灶上的水汽散得那么快，日头又照着了。于是水仙就把羊毛毡子和她零零碎碎的衣服脱下，平铺在森林间的草甸上晒着，一会儿就晒得发烫，再一会儿，就干了。

水仙就赤裸着身体，在暖乎乎的草甸上走。黑色的山羊个个有着黄黄的眼睛，方形的瞳孔，妖怪一般，静静地望着她。水仙也不怕，水仙觉得自己如此便跟森林是一伙的了，是天然的了，是自然而然生长在这里的了。

有时候，水仙赤条条的，带着狗在山坡上走，会望见远处过路的长长的马帮，丁零当啷的，马铃声老远都听得见。赶马人有时候也会望见她，对着她这边放枪，却从没有人寻过来望一眼的，可能以为她是一只山鬼。水仙想着，不晓得这些马帮从哪里来，也许是从沧城来，也许要往沧城去。但她从不奔过去求助，她晓得能过打鹰山的马帮都与土匪们有着契约，而水仙胳臂上的刺青明明白白地说明了她是谁的财产，赶马人即便是可怜她，也断不敢带她走的。

再说了，跟马帮走，又能走到哪里去呢？反正家人都已经没有了，去了哪里，还不都是如此的赤条条。

糟蹋自然也是要被糟蹋的。原本伺候土匪的女伢子死了一个，便轮到水仙。水仙赶着羊回来，土匪头子拿手一指，水仙就放下羊毛毡，往他的屋子里去。最初自然是要哭叫，土匪头子刚刚压上身来，水仙闻着那土匪身上刺鼻的汗臭、烟臭、羊膻臭以及所有这些气味混合发酵的臭，眼泪就被辣出来了。但次数多了，水仙闻惯了那气味，便也觉得还能活下去。

她由着土匪在身上摆弄，感觉自己是一只剥洗好了的羊，满身血水，正被开膛。眼睛却升起来，在屋子里巡视。她看见，这屋子由一根根整圆的粗木叠拼搭建，看似严丝合缝，其实每根圆木之间有窄窄的缝隙，魂能飘出去，风能吹进来。

她看见多年被烟火熏烤而吸饱了油脂的梁柱，看着黑漆漆的，其实有着深浅不一的印痕，如同天顶上深浅不一的云，有的像马，有的像虎，也有一块像人扭曲着喊叫的脸。她看见火塘上贴着的财神像，同样被火熏得焦黑。土匪也拜神呢？水仙想，哪个神要保佑土匪这样的恶人？但随即她又想通了，别的神保佑人可能还看个善恶，财神大概是不看的，财给好人，也给恶人，向来是这样的。

土匪完了事，挥手让水仙出去，水仙就捡起破烂的衣裤，也按例去捡火塘里烧着的食物，土匪不说什么。有时候捡两个洋芋，有时候捡一个苦荞饼子，有时候正好土匪杀了羊吃，她就捡一根羊骨头，啃着往外走。

外面下着雨。水仙赤裸着走进旷野。她曾经以为深夜的森林会很黑，其实不然。即便没有星月，天地也被不晓得哪里来的光线照得通明。若是来一个闪电，更是亮如白昼。雨水浇在水仙身上。她每走一步，便觉得原来的自己被冻成冰；再走一步，便又从冰里破出一个魂灵。

水仙往前走一百步，便是一百个水仙被冻在原地，一百个魂灵破冰而出。水仙往前走一千步，便是一千个水仙被冻在原地，又破冰而出一千个魂灵。

最后水仙走不动了，她感觉自己的身体轻得不能再轻。雨水洗净了她的身体，洗得一点汗臭、烟臭、羊膻臭都没有，她是一个重生了一千万遍的新魂灵了。头上的雨是冷的，但脚底的泥土却缓缓地、持续不断地向她的脚心传递着热气。水仙心里很高兴，觉得自己不再是赤条条的了，而是穿上了雨水和流岚的衣裙。她跟这座山长在了一起，跟熊，跟羊，跟老鹰一样，是这座山的儿女了。

于是，水仙也不觉得自己是被糟蹋了。她不过就和这打鹰山别的东西一样，听从了天意。天意要打鹰山容纳所有的洁净与污秽，于是打鹰山容纳了。天意要狗吠叫，于是狗吠叫了。天意要羊子被吃，于是羊子被吃了。天意要水仙的肉身被占据，那就占据好了。

反正真正的水仙跟这雨水一样，悬在天地里，谁占据得了呢。她想起邱大夫死前的话,觉得果真有理,天意不要她死,别的事情忍一忍,就过去了。

水仙有时候想,自己这辈子大概回不去沧城了。

但她马上又想,大概她这一生原本就是要在打鹰山的,之前不过是从沧城回到打鹰山而已,如果说打鹰山不是她的家,那哪里都不会是了,毕竟打鹰山埋葬了她的妹妹和父亲。

水仙非得这么想不可,否则便没有办法活下去。在打鹰山,要活下去是那么难,万物都铆足了劲,见缝插针地活。但其实要活也不难,你没见那漫山遍野的兔子麂子呢,它们生来就是被吃的,也不耕种,也不收获,不也活得漫山遍野?

水仙就跟着它们学,学着怎么活下去。吃饱是容易的,只要跟着鸟雀和山鼠,漫山都是能吃的浆果。根茎和菌子也好认,羊愿意吃的就没有毒,羊不肯吃的,就得当心。泉水也好找,只要能跟住野兽的粪便和脚印。难的是身上发了病,明知道这打鹰山上全是草药,明知道也许一屁股坐下去就能坐到药,偏偏不知道自己到底需要哪种。

水仙有些懊恼，怪自己当年跟着邱大夫采药时不上心，不晓得多问几句，只顾着玩了。但她很快学会了跟着狗给自己医病，每当狗看着不安逸，水仙就细细地瞧，瞧它是皮肤溃烂，还是被蛇咬了，还是鼻子淌清涕，再跟住它，去瞧它给自己吃什么草。打鹰山有地气，打鹰山的动物也有灵性，做得了半个太医。水仙把狗吃过的草药记在脑袋里，下回自己生了一样的病，便跟着去吃，跟着去医。

日子久了，水仙觉得自己也做得了太医，可惜如今没得皇帝来请。她虽然瘦骨嶙峋，胸脯子贴在骨架上，刺出一条条的骨头来，但她终究是没有死，终究是活着。有时候她赶着羊子回去，蹲在那里烧洋芋吃，土匪头子看见她，倒像是见了鬼一般，眼睛里显出惊异来。大概是没想到这个伢子还活着，竟然还活着，竟然还在做活，竟然回来了。

惊异完了，土匪头子又把水仙喊进屋去折腾一番。水仙已经习惯了，水仙不觉得有什么，反正土匪忙他自己的，水仙的魂灵可以升起来，飞出屋梁，飞上天空，看远远的翻卷的云。过了一阵，土匪让水仙走，她的肉身就走出来,继续烧她的洋芋,而魂灵也就落下来,回到身体里。

她开始觉得打鹰山是美丽的,开始学着鸟雀去欣赏打鹰山的日出与日落。清早天亮的时候,鸟雀叽叽喳喳地漫天叫着,抬头去看却又找不到在哪里,大概是鸟雀还未出窝,便已经开始庆祝新一个活着的黎明。而到傍晚,打鹰山漫天翻滚着金红色的晚霞,大群大群的黑老鸹铺天盖地盘旋,庆祝又是顺利活下来的一天。

即便打鹰山的夏日仍旧寒冷,仍旧狂风骤雨,但夏日还是水仙最喜欢的时候。漫山的野梨子、野杏子结出来了,黄的黄绿的绿。漫山的窝泡果熟了,红的红紫的紫。漫山的地莓也熟了,红的红白的白,像是老天爷给扎破了脚洒在地上的血珠子和泪滴子,吃起来酸甜极了。再别提到处冒出的菌子了,肥厚丰腴,简直如吃肉一般,让水仙可以在山上待个把月。

水仙最喜欢鸡㙡。这菌子根系极深,外面看着小小一朵,往下竟挖得出半米长的根来。挖着鸡㙡,水仙是赶不赢去生火的,她的肠肚空乏惯了,见了鸡㙡,便是洗也来不及洗,擦了泥便嚼了,滋味极甜,竟把水仙这许久未见过甜食的肠肚甜得仿佛漂浮起来，浑身冒冷汗。

各种颜色的牛肝菌，水仙也是喜欢的。牛肝菌肥壮，捡着大的，一朵竟也吃不完。遇着了，水仙就生一堆火，用树枝子串了掰碎的牛肝菌来烤，也是十分有趣味的。

别的林林总总，松毛菌、铜锣菌，各有各的滋味，各有各的好处，也各有各的地盘。水仙熟悉了各种菌子出土的时间，也熟悉了地方，便撵着羊，一阵在山箐里，一阵在草甸上，一阵在云杉林中，一阵在悬崖边。菌子一轮轮地出，水仙一轮一轮地找。菌子出完，就是捡野板栗和野核桃的时候。这两种野果都有着十分坚硬的外壳，须舍得点力气，也须舍得点血泪，才能砸得开，吃着里面的肉。

等板栗也捡完，水仙就晓得，雨水要结束了，冬天也要来了。

冬天到来之前，水仙已经采集了许多菌子和板栗，还找着个山洞，刚刚够她一个人蜷在里面。水仙把菌子晒成干，藏在山洞里，又找机会偷了个瓦罐，也藏在山洞里。她生了火，把菌子干和板栗放在罐里煮，不时从板栗里剥出一个肥白的胖虫，那便是肉了，也一起煮进去。菌子遇了水，重新变得柔软饱满起来。水仙喝着汤，觉得十分温暖。

到大雪覆盖了打鹰山的时候，能吃的东西就很少了。土匪的寨子里有柿子树，结着火红火红的果，远处望过去，像天被打了几洞，漏着血孔似的。鸟雀叽叽喳喳地来吃，黑老鸹也哇哇地来吃。

水仙是不敢碰这些柿子的，但她又跟狗学会了捉兔子的活法。冬日白雪覆盖的草甸上，兔子脚印一串一串。一坨大雪球伏在那里，等兔子走近了，突然间便跳出一个水仙来，身手竟比兔子更灵活。兔子受了惊吓，才要跳进洞中，却发现洞口都已被堵死了。

天意就是要这兔子去做食物了，天意要水仙吃兔子，然后活下来。

冬天，土匪最爱下山抢粮抢人，也要防备着仇家前来抢粮抢人，便不大放任水仙出去。这也不是坏事，留在寨子里，总是有屋顶避一避风雪的。抢到了粮，寨子里就庆贺一番，杀羊吃酒。抢不到粮，寨子里便没了食物，仍旧杀羊吃酒。土匪杀了羊，总是有骨头给水仙啃一啃。即便被土匪折腾的时候多了些，但能活下去，水仙就满意。

她的魂灵在打鹰山上空飘飞，飞过碧蓝如丝缎的金沙江，飞过峰顶的皑皑白雪，飞过数不清的波浪一般的山峦，落在沧城的云端上。

有一年开春的时候，水仙见了两件奇事。

第一件，是她放的羊生了羔子。羊生羔子本是常事，但这群黑羊却生了个雪白雪白的羊羔出来，这是过去没有的。这小羔子颤抖着腿拼命站起来，哆哆嗦嗦地去找奶吃，白毛还是湿的，母羊回过头来舔。水仙望着喜欢极了，觉得美丽，眼泪都要掉下来。

第二件，是有一天水仙煮了菌子吃，躺在雪刚刚化尽的坡上晒着太阳，突然听见两个人讲话。

"雪化了，山鼠就出来了。"一个男人说。

"是了，你家是不是要有娃娃了。"一个女人说。

水仙吓了好大一跳，她丝毫没有发现身边何时来了人。她赤条条地蜷在那里，自己觉得有些害羞，头也不敢抬。

"你家也要有娃娃了吧。"男人说。

"化了雪，该有了。"女人说。

"要小心些,莫往南边去,那边的兔子都被人吃尽了。"男人说。

听得一阵扑棱棱地响,像是拍打翅膀。水仙抬头,望见一只鹰蹬着树梢飞远,却没见有人。她四下里张望,一个人也没有。

只有一只狐狸在灌木下坐着。狐狸跟水仙对望了一阵,钻进灌木丛不见了。

水仙想不明白,只当自己做了梦。可是当她走下山坡,回到羊群中,却听得那群黑山羊也开始讲话了。

"她过来了。"一个羊子说。

"你管她。"另一个羊子说。

水仙受了好大的惊吓,不知自己是仍在做梦,还是通了山灵,听得懂鸟兽言语了。水仙被吓得头晕目眩,眼睁睁望着泥土里升起彩色的雾气来,雾气扭转凝聚,汇成了一个人坐在那里。水仙望着,竟是她爹邱大夫。

"你过来。"邱大夫说。他仍旧穿着死时的破衣烂衫,半个身子扎在土里,跟个菌子似的。

水仙愣愣地不敢动,不晓得真是她爹,还是山精野怪的陷阱。

"我喊你过来。"邱大夫说。见水仙仍旧不敢动,邱大夫只得十分费劲地把自己下半个身子拔出土来,坐到水仙身边。

"我喊你学着鸟兽活,你学没有?"邱大夫说。

"学了。"水仙说。

邱大夫上下打量水仙,水仙这才想起自己光胴胴、赤条条,赶忙坐下来抱着膝盖。邱大夫不屑地哼了一声。

"学了,还饿成这价?"邱大夫说。

"我活着呢。"水仙说。

"那倒是。"邱大夫点头同意,"但你还不晓得这山有多肥,这里有地气,鸟兽都滚圆。"

"先活着吧,别的以后再讲了。"邱大夫又说。

说完,邱大夫就不见了,不晓得到哪里去了。

从此,水仙便听得懂鸟兽语,也看得见山灵了。有一阵子没看见,水仙就去吃菌子,菌子是她真正通往打鹰山的钥匙。

有一回,水仙听见两个人在水杉林里骂架。

"你老窝在何处也不晓得?跑我这里撒野了?"一个人说。

"有本事你把打鹰山圈成你家的，圈不成你就莫说话。"一个人说。

"没有规矩了？你要死。"一个人说。

"什么规矩？老子在南边活不下去，要死就带你一起。"一个人说。

两个人骂着骂着便没了下文，只有撕咬打斗的声音。水仙悄悄地摸过去瞧，望见两个黄麂，正各自龇着小尖牙在打架。黄麂十分灵敏，发现水仙在偷看，便扭头蹦着跳着，逃走了。

还有一回，水仙放下羊群去喝泉水。她正喝着，就听得人讲话。

"我要吃羊子，羊子好吃。"一个小孩的声音说。

"果子也好吃，吃果子。"一个女人说。

"要吃羊子，也要吃蜂子，蜂子也好吃。"小孩说。

"吃蜂子的时候还不到。"女人说。

水仙赶紧逃走，躲到高处，偷偷往下望。果然见一头黑熊，带着一只小熊，也来喝水了。黑熊似乎是闻到了水仙的气味，警觉地抬头东张西望，终于是没有望见水仙。

还有许多许多回,水仙听见头顶飞过的密密匝匝的鸟雀讲话。讲东边打仗,南边饿饭,什么鸟都被打了吃。以往人不打燕子,如今燕子也被打了吃,没有规矩了。

水仙不晓得外面发生着什么,外面的人到底如何,但她知道自己仍旧是活着,活得越来越热闹。她曾经觉得空寂一片的打鹰山,如今吵闹得非常,到处都在讲话,到处都在吵架,鸟兽的话简直比人的还要多。它们不耕种,也不收获,但见缝插针地要往下活,见缝插针地要使自己愉快起来,于是水仙也受到了感染。

还有许多回,水仙遇见了山里的魂灵,这便更加愉快了。鸟兽的话水仙听得懂,但水仙的话鸟兽仍旧听不懂,无法对话。而魂灵不一样,遇见了魂灵,水仙就坐下来,好好跟人家讲一通,也不管自己是不是赤条条的,魂灵们大概也不在乎。

有一个年轻的军官,胸脯子上几个弹孔,血呲呼啦,怪吓人的。若是只瞧他的脸,虽有些血痕,但还是白净。他骑着他的大白马,只是没了精神,低头耷着肩膀,在山坳里一圈一圈地转。水仙去跟他搭话,问他往哪里去。军官说,找不到路了,没有路了,等找到路,就去找他的媳妇。

一个是给水仙刺青的伢子。水仙过去以为那是个男人,脑壳秃秃的,颜面黑黑的。等见了魂灵,才晓得是个女子,只是癞了脑壳,没有头发而已。她摘了许多花围在胸前,活像一件花衣裳了,这才显出女子的样貌来,每走一步,就落下几枝花。她高高地站在云杉树梢上,往北边望,也不晓得在望什么。

水仙想跟她讲话,她却飞快地躲藏,要么倏忽就不见了,要么一声也不吭地升到云杉树上去,像一只鹰站在那里。风吹了,花朵就落下来。水仙撵了好几次,她大概是被撵烦了,才气呼呼地望着水仙,张开嘴。水仙这才看见,她的舌头没有了,大概是一早被土匪割掉了。难怪不愿意讲话。

自然还有邱大夫,邱大夫来的时候没有定数,有时候连着几天都来,陪着水仙,有时候很久都不来。水仙找了吃的东西,若是邱大夫在,她便请邱大夫先吃。她记得,小时候每逢初一十五,邱大夫就要在晚饭前点根香,向着东南西北拜一拜,说要让先人和过路的鬼神先吃。如今邱大夫既是先人,也是鬼神,合该先吃。

邱大夫就不耐烦地摆手:"吃你的去,管我做什么。你给我龙肉还是羊屎,不都一样的。"

木仙倒是一次也没有见过。

打鹰山自己的魂灵也是有的,穿的衣裳都古里古怪,不晓得是哪朝哪代,也不晓得是哪族的人。他们在打鹰山逡巡太久,膝盖往下都长满了青苔。有一个老太婆的魂灵,只在潮气最盛的时候出来。出来了,就把贴着地皮的火草叶背面的绒絮搓下来,揉成线。一百片、一千片、一万片地那么揉,像一只巨大的蜘蛛,在山间拉出长长的、曲曲折折没有尽头的丝。

过路的魂灵也有,大都是沧城人,穿着破破烂烂的军服,有的单个走路,有的三五成群,要回沧城去。水仙拦住他们讲话,他们倒也不急,就站在那里讲,说是打仗打完了,回家去。也有的说不晓得打完没有,反正他的仗是打完了,要回家去。

就连山石老树都有魂灵,水仙过路的时候,会听见它们打呼的声音。但坐下来细细听,呼声又长又缓,没有尽头似的。半年前来,它们在打呼了。半年后再来,它们仍在梦中。大概对于它们来说,一天太短,一年太短,人的一生也太短了，一个过路的水仙就像倏忽而逝的流星子，哪值得它们睁一睁眼呢。

魂灵们悄无声息地来，又悄无声息地走。也有魂灵问水仙是哪家的姑娘，怎的跑到了打鹰山。水仙絮絮叨叨地讲，讲完了，魂灵啧啧地叹。

魂灵们都说："活着吧，先活下来。"

水仙仍不懂得魂灵们的秘密，魂灵们自己也不懂得，没办法讲给她听。她不晓得为什么有的人死了有魂灵，有的人死了却没有。不晓得为什么有的魂灵晓得自己要往哪里去，有的又待在打鹰山没有路走。但水仙总之是不觉得孤独了，也不害怕死。她想着如果自己死了，不大愿意留在打鹰山转圈圈，但是要去哪里，又还不知道呢。

那就先活着吧，天晓得死了在哪里呢。

又有一年春天，雪才化了没多久，就有马帮过打鹰山了。水仙老早就听见了马铃响，也远远地看见马帮停在土匪寨子里。这也是常事罢了。

只是水仙撵羊回去的时候，突然被土匪头子喊住："你莫出去了，有客。"

水仙正在场坝边生起一堆火取暖，一大群黑羊和她的宝贝小白羊围着她一起烤火，听见土匪讲话，一起抬头望着。土匪吐了口口水，走了。羊群立刻开始讲话，不过土匪也听不见就是了。

"糟了，有客了。"一个羊说。

"今日要杀哪个？"一个羊说。

"哪个胖杀哪个。"一个羊说。于是所有的羊都骚动起来，彼此打量着。几个胖的羊子惊慌地用蹄子踏着地，把被融雪浸湿的泥土踏得溅起来。剩下不胖的倒是安静了，舒了一口气似的。

结果胖的羊一个都没杀，杀的是一个老羊。水仙想着大概客人没那么尊贵，不值当杀个肥羊吧。剩下的羊见有别的羊替它们死了，皮子挂在门框上，都平静下来，安安稳稳地又去吃草了。

入夜，水仙走到山箐里，那里仍留着些残雪。水仙脱了衣裳，用冰雪细细地搓洗自己，黑漆漆的脚脖子也搓红了，沾着泥点的胸脯子也搓红了。她早已经晓得，用春天的溪水洗澡，还不如用冰雪。冰雪刚搓时冷，搓完了身体却会迅速地暖和起来。这道理也是狗和熊教给她的。

水仙搓干净自己,便披上她的羊毛毡子,往土匪待客的木屋去,在外头静静地等着。她听见屋里柴火燃烧的噼啪声,听见一群人喝酒,敲木头,大笑,也听见银钱的叮当声。水仙站了许久,冰雪赐予的热气几乎都要散尽了,喝酒的男人们才出来。咣当一声,水仙看见木门似乎是被一脚踢开,滚滚的热气从屋里冒出来。

土匪头子出来,望见站在那里冰雕一般的水仙,往一间木屋指了指,水仙便往那木屋里去,手脚抖得厉害。

木屋里早已有别的伢子进来生了火,烧得暖暖的,火塘边烤着几个洋芋,还煨着两个壶,一个里面是茶,一个是羊肉汤。水仙感觉一股热浪扑到身上,脸立刻便发了烫。她双脚仍旧僵硬着,但还是拼命拐到火塘边,颤抖着手指打开壶盖,找了羊肉汤,给自己倒了一碗,也不顾烫不烫了,吸溜吸溜地喝下去。

喝完了,水仙就真的暖和了。她舔净了碗,仍旧放回去,像是没用过的样子。

接着,水仙爬上木板搭的床,把自己裹在被褥里。被褥许久没用过,有一股霉味,但如此柔软的触感对水仙已是难得，她把正一点点恢复知觉的脚趾在铺里搓来搓去，感受每一寸绵软。

这样的事情，水仙已经很熟悉了。

外面的土匪和赶马人仍旧在大笑寒暄，不晓得哪个脑壳发瘟的，还放了一枪，枪声在深夜的打鹰山传开老远老远，然后是更远更远的回声。水仙听见他们讲，如今的烟土生意做不成了，枪支生意眼看也难，怕是还要做回原本的药材茶叶生意了。他们讲，开了春了，熊和狐狸多起来，明日里去打一打。

水仙几乎睡着时，木屋的门才被打开，一个人跺着脚进来。水仙闭着眼睛，听着动静。她也不害怕，毕竟这样的事情，她已经很熟悉。不过就是听着天意来，又听着天意去。

水仙听见进屋的人吸溜吸溜地吸着气，把厚重的毛皮衣服脱了扔在地上。大概有挎刀，砸在地上乓的一声响。然后是倒水的声音，吹气的声音，吞咽的声音。水仙想，不晓得他喝的是茶还是汤。

然后又是开门声，人出去了。水仙听见这人在门口撒尿，淅淅沥沥的水声，也听见外面呼呼的风声。

然后人又进来。仍旧是吸气，仍旧是跺脚。然后脚步往床铺走过来，坐在床边脱鞋。重重的鞋被撂在地上。水仙蜷在被窝里，直到眼前一亮，被窝被掀开了，水仙听见一声惊骇："我的妈哎！"

水仙睁开眼睛，望着眼前的男人，竟是出了奇地年轻，看着不过十八九岁罢了。想着赶马人向来风吹日晒显老相，那么十五六岁也有可能了。男人喝过酒，红着脸膛，眼睛瞪得老大，望着被窝里这个赤条条的女子，掀起被子的手就那么举在空中，不晓得缩回去。

水仙不说话，就这么望着，觉得有一点冷。男人也不说话，就这么望着。

过了半晌，水仙抬手去扯被子。男人仿佛被一棍子打醒，仿佛这被子烫手一般，往水仙身上扔回去。男人迅速地穿鞋，嘴里慌乱地解释："走错了走错了，莫怪莫怪，我走错了。"

"沧城人？"水仙问。他的口音说得明明白白了。

男人仍旧是穿鞋，却因着慌乱，竟半日也套不上。听水仙讲话，他愣愣地回头看水仙，又赶忙把头扭过去："嗯，嗯，沧城人，我走错了的。"

"没有错啊,你不是客吗?"水仙问。

"是了是了,走错了。"男人说着。他终于放弃把那厚重的鞋套上,干脆夹在腋下,连着衣服一同抱着,就要出门。

"你莫走!"水仙说,"你走了,我要给打死的。"

男人已经开了门,听了这话,愣在原地。风吹进来,火塘里的火给吹得倒下去。水仙又说:"你莫走啊。"

男人立了半日,像是在想什么道理似的。他终究把门关上,坐在火塘边穿鞋,这回倒是穿上了。

"你走了,我要给打死。"水仙说。

"你是伢子啊?"男人说。

"嗯。"水仙说,抬起手臂,给男人看。借着火光,男人看过来,顺便看到了水仙赤裸的半个身子,又赶忙把头扭回来,就跟烫眼睛似的。

"沧城人?"男人说。

"是。"水仙说。

"抢上来的?"男人说。

"是。"水仙说。

"谁家的?哪条街?"男人说。

水仙不说话了,她并不想在这张床上,这个地方,这个时刻,去认一个可能认识她爹的老乡。

见水仙不讲话,男人便也不讲。屋里只有火塘的噼啪声,还有壶里咕噜噜的水声。

"我把壶拿开吧,水烧干了难闻。"水仙说着,赤裸着下床,去端火塘边的壶。男人低着头,把身子扭过去不看她。

"你睡嘛。"男人说,他穿上了毛皮大衣,挎刀也挎上了。

"我睡火塘旁边。"男人说。

"不得,半夜有伢子来添柴,晓得你没睡铺里,也要打死我的。"水仙说。

又是半晌,两个人不讲话。男人倒了好几杯茶喝,才下定决心似的。

"那你睡里面。"男人说。水仙立刻挪了位置,把自己焐暖的地方让出来。男人却不看她,只脱了毛皮外衣,仍旧穿着厚厚的里衣,睡到铺上。水仙感觉他想尽力离自己远一点,无奈铺太窄,两人的胳膊仍是紧紧地靠着。

水仙把被子给他盖上。男人一动不动。

水仙拉住男人的手，放在自己胸脯上。男人仿佛摸着火炭，迅速地收回手，又背转身去，背对着水仙，仍旧一动不动。

水仙便也不再做什么，她躺下来，一夜便过去了。

第二日天不亮，水仙听见男人起身。她立刻起身，滚下铺来，替男人穿鞋。水仙仍旧是光着身子，男人任由她给自己穿了鞋，披了衣裳，只是眼睛垂下不看她。

"老爷，我们老爷会问你，我伺候得怎么样。"水仙说。

"我说你伺候得好嘛。"男人说，仍旧垂着眼。

"莫这样说。"水仙说。瑟缩了一下，她又说："老爷没要我伺候。"

"那我怎么讲？说你伺候得不好？那你不是要被打死。"男人说。

"老爷就说，我们老爷好客呢。"水仙说着，把男人挎刀上的穗子摆整齐。

"晓得了。"男人说。

说完，男人往土匪待客的木屋走去吃茶，水仙裹上她的羊毛毡子，溜走了。她以为像过去的马帮一样，这伙人住一夜便走，不想他们竟不走，倒是一群人骑了马，真个跟着土匪打猎去了。

晚上，水仙又来了那个男人的屋。男人今日没有喝酒，说是打猎下来身上乏，天一黑便进了屋。水仙给他倒上茶。

"老爷今日去打猎。"水仙说。

"是，你们老爷熟悉山，带我们看一看。"男人说。

"打了什么呢？"水仙问。其实她早就晓得了，早就听过路的鸟雀讲，今日狸子家遭大灾。

"打了几个狐狸、野鸡，还有野兔子。"男人说。

水仙拿拨火棍在火塘里摆弄，男人撕一个洋芋烧焦了的皮，两人没了话讲，便早早地上了床。水仙仍旧是赤条条蜷在角落，男人仍旧是穿得板板正正硬躺着。

躺了不知道多久，伢子都已经进屋来，添了一道柴。水仙听见男人起来，在床脚摸鞋穿。水仙坐了起来。

"老爷睡不着吗？"水仙说。

"嗯。"男人说。

"我伺候老爷吧。"水仙说。

男人不答话，穿好了衣裳。

"你睡。我走走。"男人说。

水仙迅速地溜下床来，披上自己的羊毛毡："我陪老爷去,夜里路不好走,我们老爷晓得我让你一个出去,要打死我的。"

男人不说什么,水仙便开了门,走在男人前面。

已是春天了,但三颗星仍旧在天上亮亮地挂着,跟三个整整齐齐的小灯笼似的。月亮下去了,看来已是后半夜。夜幕不是黑色,是深沉而悠远的蓝,宽阔而浩大的天河奔腾而来又席卷而去,像绸带似的,像云雾似的,像尘埃似的,像天上的城市似的。

"老爷瞧那些星星,你盯着它们瞧,就眼花。要假装看别的星星,再偷偷瞄你真要看的那个星星,倒是又能看清楚了,奇不奇怪,好像星星也怕羞了。"水仙说。

"你是没有看见月亮圆的时候,这山上亮得很,老远的地方有狐狸抓兔子都看得见。"水仙说。

"打鹰山什么都好,就是有点冷,我看老爷打抖呢。"水仙说。

男人半天不讲话,只是跟在水仙后面走。这个伢子过的不晓得是什么日子,瘦得像一个骨架子了,而她自己好像竟不觉得,还絮絮叨叨地,说打鹰山好。

"你是哪家的丫头?"男人说。

水仙闭了口，不说话了。

"我喊个陈敬先，西街的，我二十二了，你呢？"男人说。

西街陈家，水仙是晓得的。陈家爷爷本是外省读书人，几十年前为修铁路来云南做官，不晓得什么原因留在了沧城。水仙还在沧城的时候，陈家是沧城喊得出名字的地主。每年大年初一，陈家的太太和老太太就要上观音箐烧香磕头，还要到邱大夫的药铺买当归党参，说爷爷年纪大了身子不好，要吃补药。如今是怎么了，陈家世代读书人，如今少爷竟亲自出来走马帮？

"你几岁？"陈敬先又问了一遍。

水仙也不晓得自己几岁。她只晓得自己上山的时候十二岁，只晓得雪下了，雪化了，就是一年。但到底过了几年，水仙自己也记不清了。

看水仙仍旧不讲话，男人有些尴尬，只好打趣："刚才你还话多，如今又不讲了。"

"陈老爷爷身体还好吗？"水仙说。

陈敬先便大为惊讶了，但他迅速整理了表情，说："我就晓得，沧城的姑娘，跟我们家肯定是相识的。"

顿了一顿，陈敬先说："我爷爷去年过世了。"

水仙不讲话。陈敬先又说："如今世道乱得很，我家田庄也没有了。"

"怎么就没有了？老爷吸大烟？"水仙说。

陈敬先没有理会水仙这句极为无礼的话，自顾自地往下说："我奶奶也过世了，家里土地只剩一点点，读书也没有什么用。还好我爹有点积蓄，又认识大马锅头，就让他带我出来跑跑，可能还会发家。"

"我这是第一次走打鹰山，哪里晓得走马帮这么苦啊，在土匪寨子里倒是最舒服。"陈敬先说。

"你第一次走，还认得我们老爷。"水仙说。

"我哪里认得，都是跟着马锅头叔叔走，又给了过路钱。我要是自己走，那还不跟你一样，要给打死了。"陈敬先突然笑起来，仿佛自己说了很好笑的话。

"老爷成亲没有？"水仙说。

"没有。"陈敬先说。

"难怪。"水仙说。

此时两人已走到林子边上，只听林子里一阵翅膀扑腾作响，在寂静的夜里，声音大得怕人。然后是猫头鹰的"咔嗒咔嗒"。

"哎哟,吓死了,有猫头鹰。"陈敬先说,竟像个小孩子似的摸摸自己的胸口,又问水仙,"你吓着没有?"

"没有,我听见它讲话了。"水仙说。

"讲的什么?"陈敬先说。

"它说,哎哟妈欸,吓死了,有两个人!"水仙说。

陈敬先便笑了。借着星光,水仙看见他的眼睛亮闪闪的,是一个不曾受过多少苦难的少年人。

"打鹰山到底哪里好?"陈敬先问。

"春天要到了,那边有一条溪,溪上尽是野杏树。杏树开了花,你是没有见过那个漂亮的。"水仙说。

第三日,陈敬先仍旧没有走。赶马人都是最赶时间的,能两天走完的路绝不走三天,如今这样磨蹭也是奇了。她望见土匪又带着这伙人去打猎了,陈敬先细细弱弱,骑在奔驰的马上,像一个小孩子东摇西晃,偏偏还高兴得很。水仙便想,果然带着个少爷,最长进的马帮,也胡闹起来。

夜晚,等寨子里的动静都停了,土匪从自己屋里传出呼噜声,两人便像故意捣乱的小孩子,偷偷钻出门,去看水仙提起的野杏树。森林里树木遮挡，比场坝里黑暗许多。水仙走在林子里，就跟走在平地上一样，便小心地注意着陈敬先，望着他要摔倒，就一把扯住他的衣袖，磕磕绊绊，扶扶搀搀，走了许久，才走到溪水边。

陈敬先看见一溪的杏花，在暗夜里发着淡蓝色的光，像是反射着星光，也像是残留的白雪。花瓣落在溪水上，就像月亮打碎了，也像蝴蝶凋落了，顺着水就去了。

水仙蹲在溪边，捧起水来喝，花瓣也落在她乱七八糟的头发上，落在她厚厚的羊毛毡子上。陈敬先望着她像一只小野兽伏在那里，想着花瓣倒是不分贵贱，一视同仁，落在这小伢子身上，也落在他自己身上，落在溪水上，也落在泥土上。

陈敬先便感到深深的哀愁，仿佛他也是一个被抛弃的游子，又在这天地之间与另一个被抛弃的游子相遇了。到底是谁抛弃了他，陈敬先还不晓得，但他晓得这个伢子是真正被沧城抛弃了，流放了，自生自灭了。

但是杏花仍旧愿意落在她身上，就像杏花愿意落在他身上一样。陈敬先不能不觉得好看，不能不感到温柔。他竟念起古人的诗句来："春日游，杏花吹满头。"

水仙想，这个人真是呆啊。

在土匪寨子住了三天，陈敬先跟着马帮走了，他们终于是不能不往前走了。为了钱行，土匪又杀了一个羊，这回杀的是胖的。

水仙爬到高处的山头去望着，望见赶马人收拾东西，把货物装在马背上，丁零当啷地，往更深的山谷走去。她望见陈敬先像个大少爷一样，也不帮忙，也不做活，由着别人牵出他的马，收拾他的东西，自己只顾东张西望。水仙笑起来，明明是个读书人，装什么赶马人呢。

头天夜里，陈敬先把挎刀递在水仙手上。

"山里野物多，你留着防个身。"陈敬先说。

"我用不到这个。"水仙说，"叫我们老爷看见也不行的。"

"那我给你个什么东西你能留？"陈敬先说。

水仙想不出。

"我跟你们老爷说你伺候得很好吧，就说我满意。"

"莫说莫说。"水仙说。

"你没有伺候我，但是我可以这么讲，叫他待你好点。"陈敬先说。

"要不得要不得,老爷听了还以为我跟你有什么,你一走,我就要给打死的。"水仙说。

陈敬先想不明白,也实在地犯了难,仿佛非要给水仙留下点什么似的,留不下,他便十分哀愁。

"那我给你个什么呢?"陈敬先说。

"莫留了,打鹰山的东西你都带不走,也不能留。"水仙说。

"你到底叫什么名字?是哪家的丫头?几岁了?"陈敬先说。

水仙仍旧不答,瞪着眼睛。

等了半日,陈敬先晓得自己得不着回答了。带着些恼怒,陈敬先说:"我管你叫什么。你记到心里头,我叫陈敬先,是沧城西街人。我下回来打鹰山,再来找你。若有机会你出了打鹰山,你来找我。"

"好。"水仙说着,心里觉得他可笑,也有点好玩。

"你记在心里头,莫要忘记了。"陈敬先说。

水仙自然不把这样的话当真,毕竟两个人非亲非故的,但偏偏又真的记在心里面了。

陈敬先走了,但在那个初春,陈敬先屋里的那三个夜晚是水仙最暖和的夜,暖得几乎不真实了,直叫水仙回忆了许多个日夜,又许多个秋冬。水仙常常回忆,那有点受潮的、带着霉味的被子,烧得烫人脸的火塘,喷香喷香的羊肉汤和洋芋。光是想一想,水仙就从耳朵后面热和起来。她还想起陈敬先像个木偶一般硬邦邦地躺在她身边装睡,非得躺得身子都麻了,才小心翼翼地挪动一下,生怕碰触着她。

这摆明了是一个读书读过了头的呆人,土匪奉上新鲜的女人也不懂得吃,哪里走得了那血淋淋汗涔涔的马帮。水仙想着陈家老爷的苦心只怕要白费,这人不如一直读书去算了,还能做个教书先生。

如果真有一天她离了打鹰山,要去找陈敬先吗?一个女伢子,去找一个没有任何交情的少爷,能做什么?能说什么?

那如果真有一天,陈敬先自己找来呢?如果他来了,会不会跟土匪头子说,把这个伢子送给他呢?想着,水仙就觉得有些高兴,但她又觉得不能高兴,这可不是一件好事。土匪若是不肯给,等陈敬先一走,她是一定要死的。

那万一呢？万一土匪真把她给了陈敬先，她要不要同他去呢？去哪里？做什么？水仙的思绪继续往前走，但是又无路可走。去给他做佃农？做用人？还是仍旧做伢子？那还不如留在打鹰山，打鹰山有鸟兽虫鱼，有山精野怪，还能缓解艰难与寂寞，若是到沧城里去做个伢子，那实在是不如死了的。

去沧城嫁给陈敬先，做他的老婆。这个想法水仙也有过那么一瞬间，但立刻就被她丢掉了，她不允许自己有胆量去想。若放在平时，水仙想起自己的肉体被人使用过，并不觉羞耻，不过就是依着天命，见缝插针，跟鸟兽一样往下活，鸟兽绝不羞耻。但给陈敬先做老婆的想法却让她十分痛苦，让她想起自己是个伢子，是半个野兽，是被众人骑跨、众人践踏的最低等的女奴。水仙要活下去，给陈敬先做老婆的事便是想都不能想。

水仙仍旧在山林里走，撵着她的羊，但她的心开始有一点酸楚，仿佛在等什么，又没有在等什么。

她最爱的小白羊长大了，是一个毛皮雪白顺滑的母羊，脾气很坏，日日与别的羊斗架，还生下了许多的小羊。

小羊没有一个像它，都是黑色的。小白羊最依着水仙。在野外睡觉的时候，小白羊要么在水仙怀里给她搂着，要么在水仙脖子底下给她枕着。

水仙听小白羊讲话，常常听得笑起来。小白羊是一个得意扬扬的小魂灵，它才出生的时候，水仙怕它因着自己的颜色与别羊不同，心里难过。结果小白羊倒是十分得意，不时就喧嚷，说它是最特别最了不起的羊，给别的羊烦得要命。小白羊也十分护着水仙，不准任何羊顶撞她，因为小白羊认为水仙纯粹是它的物件，是属于它的，是归顺于它的，是别个不可以触碰的。虽然这样小孩子一般的霸道有时候也让水仙烦恼，但这样被确认的归属感也让水仙觉得安宁。确认小白羊属于她，确认她自己属于小白羊，确认打鹰山接纳了她的污秽，确认自己是活下来了，虽然也没什么道理，没有什么非如此不可，大概也只是水仙自己的想象，但也远比陈敬先那一句"你记在心里头"要来得稳妥多了。

其实水仙还见过陈敬先一次，是秋天的时候，陈敬先的马帮回来，又在寨子里住了一晚。但水仙没能跟他说上话，只远远地望见一眼罢了。土匪仍旧杀了一个羊招待，只是没有叫水仙伺候，这也是寻常事，毕竟寨子也不只有水仙一个伢子。这件事就这么过去了。

又有一年春天，水仙流产了一个孩子。她虽然没有见识，也没有人教她是怎么回事，但跟着打鹰山的鸟兽学了这么久，水仙晓得自己的身体里有了不同的动静，有一个小孩子在里面生长。

水仙一点也没有惧怕的意思，她见过野兽怀胎，身体变得滚圆，她也见过羊子分娩，晓得那不是一件容易的事，都是要受一番折磨才能过关的。但所有的鸟兽不都是如此，生下来，活下去，再生新的出来，新的再活下去。

水仙不害怕，自己生了个孩子，孩子长大了做伢子，这也没有什么，跟着鸟兽学，跟着牛羊学，跟着天地学，伢子也能活下去的，她水仙就是个例。但她还是忍不住觉得天地实在无聊，生这许多魂灵出来，大家都惜命，都不愿意死，却也只能将将就就地往下活，也不晓得为什么。

好像大家也不是活着，只是没死而已。你说这天地到底贪图什么，让万物都像完成任务一般活着，但到底是谁要布置这个任务，也没人说得清。

最后，水仙想，可能天地就贪图个热闹，贪图大家吃吃喝喝、蹦蹦跳跳、生生死死，就看着高兴。

水仙没有想要跟天地对着干，她小心地顾惜自己，尽可能叫自己少动弹，多吃东西。她也不贪玩，不再撑着羊子去老远的山上吃草，不再为了找魂灵讲话而吃那么多的菌，但她仍旧流产了。她像一只生产的羊一般跪在地上，凄厉地号叫，两腿间淌出鲜血来。一群羊围在她旁边，平静地望着她赤裸的身子跌跌滚滚，指甲把草皮抠通，抠出泥土来。小白羊也平静地望着她，一句话也不讲。

水仙晓得这是天意，天意要她的小孩不必降临，但她不晓得为什么。从始至终，她还没感受过哪怕一次胎动，一次都没有，小孩像做个梦似的来了，又走了。可能有些魂灵就是这样，来过就行了，做伢子就不必了。

失去了这个小孩，水仙也不气恼，也不悲伤。她也晓得，不是每个羊子都能平安生下。有的羊子生小羊了，不仅没生好，反而把母羊生死了，比起它们水仙还算幸运的。但她仍旧好奇，不晓得这样的小孩有没有魂灵。

她便去吃菌，想要寻找自己掉落的小孩，但终究是什么也没有找到。对于这个小孩，好像除了水仙一个人晓得，就再也没有别个在意了。

小白羊当然也晓得，它跟在翻滚的水仙旁边舔舐了流淌的血，应该记得这件事。别的羊大概连这件事都已经不记得了。那就算了。

水仙回沧城的时候，距离她上打鹰山的那一年，已经过去了二十年。这二十年，沧城里像是什么都变了，变得叫人不认得了，钟鼓楼里比牛还粗的大铜钟给打碎了，观音箐没有人磕头了，城墙也给推成土坡了。

但那四条街，还有中间的十字街是一点也没有变的。

水仙是在一个黎明被解放军救下的，说是救下，其实当时水仙也没有什么危险，只是叫人家看着可怜罢了。头天夜里，水仙在山头上放羊，就听得山下枪声乱响。平日里有人放一枪，打鹰山里回声响得就跟放了一百枪一样。如今不晓得来了多少人，放了多少枪，于是回响出千万声枪响，打鹰山简直就乱了套了。老远的鸟雀都给惊得乱飞了，漫天的乌鸦也给惊得乱飞了，漫山的野兽也给惊得乱跑了。

刚开始，水仙以为是哪个寨子的土匪来打仗了，这样的事情以往也是有过的。可是枪声放了许多，竟一直不歇，水仙便慌张起来。不晓得发生了什么，听来往鸟雀叫嚷得厉害，却也听不出什么。

水仙晓得自己在这个寨子能待这许多年，是有些运气的。如果寨子给劫了，换了土匪做头子，虽说伢子仍旧做伢子，但是否还能跟先前这般自由上山就不晓得。天快亮的时候，水仙偷偷摸回寨子看情况，老远就被人望见了。那人端着枪，喝令水仙站住。几个人跑过来，望见赤条条裹着个羊毛毡的水仙，也不晓得怎么回事，竟抹着眼泪来拉水仙。水仙屁股往地下坐，不叫他们拉，他们干脆把水仙架起来，架到了土匪待客的木屋里。

水仙想，这回不晓得谁要做老爷了，但事情总归是一样的，她乖乖地伺候，几个人都伺候，就能往下活。反正不管什么土匪都需要伢子，人家难道还杀她不成。

进屋一瞧，地上挤挤挨挨地睡了两排男人，穿着水仙没有见过的军装，不十分崭新了，但也算整齐。这些男人各个带着枪，有的打着呼噜了。

再一瞧，土匪头子血糊糊的尸体摆在角落里，脑壳也没了半个。旁边还有几个土匪的尸体也摆着，个个身上都有血洞子。还有几个不晓得死没死，捆了坐在那里，闭着眼睛睡着了似的。

于是水仙想起自己遇上土匪的那天，跟邱大夫和木仙也是如此这般，给捆了坐在那里。那天天意不要这些土匪死，让水仙拦住了他们喝草乌酒。若不是这样，若水仙那天没拦，大概他们早就死了，哪里要等到今天。

不过反正是天意，那就不必想它。

几个放哨的把水仙架到火塘边，又是倒水，又是给她递荞面饼子。两个男人还脱下自己的衣裳裤子，叫水仙换上。正说给她找个空屋去换，水仙把羊毛毡一扔，光胴胴地开始穿衣裳了，倒把几个男人羞得扭过头去。

水仙喝了水，吃了饼子，身子暖了，想着不晓得这些人什么时候办事。一个看着像当官的人拉个凳子就坐她对面，两个手比比画画地讲话。

"伢子？伢子？"男人表情十分夸张，手势也相当大，怕水仙听不懂似的。

水仙点头。

"我们，解放军，好人！"男人说，仍旧手舞足蹈。

水仙点头。

"你，"男人指着水仙，"家，哪里？"

水仙想了一想，男人大概以为水仙听不懂了，又手舞足蹈："解放军，人民政府，送你回家！"

水仙明白了，这回来的是官兵，虽然不晓得到底是哪家的官，但反正是官兵来了，来送她回家的。

"沧城。"水仙说，"沧城观音箐。我爹和我妹妹死了，我是做伢子的。"

男人大概没想到面前这个野兽一般的女人竟然会说话，说得这么流利，还是标准的沧城汉人口音，倒是被吓了一跳。但他立刻高兴起来，拉着水仙的手："好哇，好哇！同志不要怕，我们解放了，解放好多年了，你们还在深山老林受苦受难，所以政府来解救你们了！"

一个屋的男人，陆陆续续都被吵醒了，都朝着水仙围过来。男人抓着水仙的手还不放，激动地问她："土匪是怎么欺压虐待你的？政府给你做主！"

水仙想了一想，却也想不出自己怎么受了虐待。这打鹰山确实是冷些，是挨饿些，但这也不是土匪的虐待啊，天自己要冷,土地自己不产粮,土匪有什么办法?这一山的鸟兽都挨饿受冻,难不成也算土匪虐待吗?

水仙不讲话。男人说:"不要急,不要怕,土匪头子已经被镇压了,你的冤情放心讲!"

水仙仍不讲话,她觉得这伙土匪也没有杀自己,还让自己出去放羊,那要讲什么?

男人看水仙不讲,只当她是给虐待傻了,便问水仙:"他们打不打你?"

水仙点一点头,有时候确实是打的。

男人问:"他们强奸你?"

水仙瞪着眼睛,不晓得"强奸"是什么。

"就是让你陪他们睡觉。"男人说。

水仙点一点头。

男人问:"你说你爹和妹妹死了,是给土匪杀死的?"

水仙思考了一下,点一点头。

男人眼泪夺眶而出,他几乎控制不了自己的情绪了,颤抖着声音,对着一屋子男人说:"同志们,看看我们的姐妹,她被土匪打死了家人,被殴打、虐待、强奸,不给吃,不给穿,如今终于等到我们了。但在更深的山寨里，还有像她一样的姐妹，在等着我们！我们哪怕流血牺牲，也要把这样的姐妹救出来，送回家！"

一屋子人都跟着哽咽起来，水仙先是稀里糊涂，后来也看得动情，跟着呜呜地哭。水仙哭，众人就更是忍不住，一屋男人哭得呜呜哇哇的。

水仙万万没想到，自己在此时，竟然真的想回家，回沧城。她幻想过许多次，如果有机会回去，还回不回，总是想不太明白。说起家，她仍旧觉得是在沧城，可是沧城已经没了亲人，回去了也是赤条条一个光身，那还算家吗？水仙有时候想，还不如留在打鹰山，这座山接纳她，就像接纳女儿。

可是等真的遇上了解放军，水仙却惊讶地发现，自己对于回到沧城有着那么大的兴奋，明明已经没有亲人，没有家了，实实在在一个光身，但她还是很想回去，想回到人群里。

水仙弄不明白自己，便想，那沧城确实好啊，不赖她非要回，毕竟沧城天气暖和啊。

第二日，寨子里就杀鸡宰羊，张灯结彩了，木屋上挂了红旗，写了好多标语。伢子们按着家乡，各自安排去处。水仙这样的，自然是送回家，也有打鹰山原本的山民，那就自己选择，可以往沧城去，也可以留在打鹰山，只是不再做伢子了，从此是自由地活着了。解放军给大家分了羊群，分了木屋和粮食，给大家宣布了中央的政策，说往后再也不怕土匪了，再也不会有土匪了。往后政府还会帮大家一起开垦土地，建设打鹰山，以后再不是深山老林，而是人间仙境了。

水仙跟另外几个女伢子一起，什么都做不得，做什么都有当兵的来抢着帮忙，只能局促地坐在火塘边等着，也不好意思跟别个讲话，毕竟平日里虽然常打照面，却是一句话都不敢讲的。几个人在野地里做活惯了，如今像个植物一般干坐着烤火，只消一会儿，就各个脸膛通红，一脊背的汗。

当兵的煮了羊，连皮带骨热腾腾的一锅端上来。还开了土匪的粮仓，煮了净净的白米饭，给伢子们吃。众人都不敢吃，觉得即便是没有土匪了，这也过于浪费，造孽似的。但当兵的讲话实在感动，样貌实在热情，由不得他们不吃。最后终究是含着眼泪吃了，吃的什么滋味其实也晓不得。

水仙吃饱了出来撒尿,望见场坝里一堆白毛。

她晓得是她的小白羊给杀了,蹲在那里眼泪啪啪地掉。当兵的看见她哭得凶,也不晓得为什么,过来安慰她,说如今都好了,立刻可以回家了。

水仙说:"杀了羊,羊皮还在不在了。"

当兵的说:"煮的带皮羊肉,没有皮了,你要做什么?"

水仙就不讲话了。她晓得如今的天意,是她跟打鹰山的关系要断了,因着她想走,打鹰山感到了她的背叛,就把她的小白羊收走了,不再要她这个女儿了。水仙突然想起她父亲死去的那天,她一个光身被留下。

如今也是一样的,过去的记忆都没有用,以后的事情也管不了。谁知道呢,不过就是顾着眼下,先活着罢了,打鹰山竟要如此惩罚她。

水仙走过去,在那一堆血淋淋湿乎乎的羊毛里扒来扒去,想要拣些带了走,可能以后也就只有看看这羊毛了。她捏着那撮羊毛站着哭,想着小白羊的魂灵大概也不会再见她了,小白羊那种性子,必定是生她的气,怪她不看着自己。水仙哭了好大一阵,别个先是要了命地劝,后来劝不动,也就不劝了,由着她哭去。

哭完了，水仙把羊毛迎着风撒了。

走都要走了，还带着做什么。这打鹰山还是一如既往，对于不属于它的人来说，什么都带不走，什么也留不下。

EX LIBRIS

沧城 阿措 著

斋姑娘

水仙回到沧城，先是在生产队上帮忙，苦一口饭吃，也没有什么。后来，她就成了仙婆子。

起初大家还不晓得，但是渐渐地就有人找她算命看事，说她有些灵通。

不过问起来呢，谁也不明说什么，毕竟都是封建糟粕。大家只说她可怜，一个被土匪糟蹋坏了的女人，没家没业的，也没有人敢要。女人们跟她在一起，不过就是讲讲话，散散心。

怎么个"灵通"呢？说是有一回有个小孩子差不多

已经死了,家人背着上山,遇着她在捡粪,硬是拦下来,说小孩子有老祖公护佑,肯定养得活。小孩家人把小孩子抱回去,最后竟然真个养活了。

还说,有户人家总倒霉,悄悄托人看了事,说要迁一个断了香火不晓得多少年的远房老祖公的祖坟才好。可一坡子古坟几乎都平了,也没有个字好叫人辨认。主人家正不晓得如何是好,仙婆子砍柴过路,就指出了那老祖公的坟墓,还说你们挖吧,老祖公有大礼给你们。主人家犹犹豫豫地刨开那坟,果真挖出几块碧玉,其中有一块,价值连城。

怎么个价值连城?说是那玉放在水里,一盆水都变绿了。后来那户人家为了这几块玉的分配大打出手,几兄弟几乎断绝往来,还差点被抓起来,说他们侵占国家财产。一家人似乎更加倒霉,坟也是白迁了。但这事怪不得仙婆子,也赖不着她什么。

反正仙婆子的名声是渐渐地大了。哪个女人都想找她讲讲话,哪个都能同她讲上一箩筐。但仙婆子好似跟哪个女人都没有什么交情,讲完了也就完了。大概是晓得太多秘密,也会叫人害怕吧。女人们遇着了事,与她说一说，事情过了走开去，也就忘记了。

独独有一个打糕粑粑的老太婆，跟仙婆子处得好，就连死的时候，也算是仙婆子给她送的终。我小时候也认得她，喊她表爷爷。其实她也不是谁的爷爷，只是我妈妈喊她表爸，我也依着这么喊罢了。这老太婆没了牙，下巴显得很短。满脸的皱纹，满脸的斑，一张脸没有空闲的地方，到处都是黑黑的。

但即便如此，她看起来还是慈眉善目的，亲人得很。

表爷爷是一个斋姑娘，以往沧城穷人家里孩子多了养不活，排行大的姐姐常常就给留在家里吃斋，不出去嫁人。等年纪大了，由侄儿男女们养活，再为了尊重她为家庭的劳苦，就不把她当女人了，而是当作男人，喊作爸，喊作爷爷。

这个表爷爷是吃斋念佛的，我小时候常常在东街的街子望见她。她拎着一个塑料皮编的篮子，微微驼着背，拖着脚走路，毛边底的布鞋跟都拖秃了。她买了瓜果菜蔬，把篮子提在背后，一个摊一个摊地走过去。

路过卖蜂饼的，她瞧着蜂饼里密密麻麻蠕动不已的蜂蛹，说："阿弥陀佛，造孽造孽。"

路过洗蚕茧的,她瞧着人家把蚕茧扯在竹撑上,说:"阿弥陀佛,造孽造孽。"

路过杀黄鳝的,她瞧着人家把黄鳝钉在木板上,手上几下就洗刷好一条肉,说:"阿弥陀佛,造孽造孽。"

路过卖泥鳅和红脸龟的,她就买几个,回家路上丢进踏脚河里。人家跟她说这丢下去怕是活不成,冲到下游就死了。她只当听不见。

反正她有钱买,那就随她去。

表爷爷住的屋,按理来说不是她的,是她侄儿的。只是侄儿一家早就去了省城,倒剩下她一个人住这大屋享福了。她把屋子租了几间出去,也有侄儿给她寄钱,钱应该是不缺,但她闲不下来,整日在屋里打糕粑粑。

沧城的糕粑粑就是米糕,是一层层大米粉撒了蒸出来的,半拃高,中间一层用红纸泡水染出来的红颜色,顶上还有一层红糖。这种糕做得又糙又实在,哪怕是刚蒸出软和的时候,也是噎脖子,等凉了硬了就更吃不成,我是很不爱的。但偏偏沧城的习俗里,红白喜事都兴端一盘这糕,说是寓意"高"。又因为是蒸出来的,小孩子吃了不怕上火,大人带小孩子去吃酒,不准小孩吃糖,就给小孩塞糕粑粑吃。

年轻的时候，表爷爷自己打糕粑粑，后来年纪大了打不动了，就花钱买了个电磨，仍旧要打。打好的糕粑粑放在蒸屉里，有人来拿了去卖，卖完了又给她结钱。也有办红白喜事的，一屉一屉地订。

她当年就是靠打糕粑粑把她弟弟妹妹拉扯大的，后来又靠打糕粑粑，帮着供侄儿侄女读书。说起她，沧城就没有人不敬佩的，说也就是时代不一样了，不然这样的女人放在以前，是必定要给她立个牌坊的。

她极善良，杀生的事情是一样也不做，荤腥的菜是一口也不吃，不好的话是一句也不说。有一回她肚子不安逸，别个喊她去县医院打个B超瞧一瞧。到了医院，医生问她要做什么，她死也讲不出来，竟然就这么回去了，检查也不做了。

沧城人晓得她有点钱，遇着了过不去的事情，就爱去找她诉苦。她也不管人家说的真不真，反正只要她给得出来，多少都要给点的。

如果说沧城对仙婆子是又敬又怕又鄙夷，对表爷爷的感情就单纯得很，就是敬了。她们两个年纪都大，都没得男人，也没得子女，应该是最好的老姐妹才对。两个人常常一起坐在仙婆子铺子门口讲话，但听她们讲话最好笑了，几句话就要吵架的，仙婆子喊表爷爷"死老太婆"，表爷爷喊仙婆子"老变婆"。

"活人的生意难做得很，说几句不高兴了还要跟老娘吵架，还是死人生意好做。"仙婆子说，边说边折纸锞子。

"你那个嘴巴，一点规矩都没有的，那个字是可以随便讲的吗？"表爷爷说，也是边说边帮仙婆子折纸锞子。

"我嘴脏，什么都讲得！你嘴干净，干净得牙齿都没有，我是男人我就跟你亲嘴。"仙婆子说。

"造孽造孽！你这个老变婆，要下地狱了。"表爷爷说。

"下地狱好啊，就跟现在一样坐在这里，还可以晒太阳。你旁边就坐着一个鬼在晒太阳，你看不见！"仙婆子说完哈哈大笑起来。

表爷爷又气又慌张，拿纸锞子丢仙婆子，轻飘飘的。

表爷爷和仙婆子不见面的时候，两个关系就好。两个人一个是算命的，一个是拜佛的，周围都常有心里苦闷的人跟她们讲话。两个人都有讲不下去的时候，就让人家去找对方讲。

仙婆子给人家看命，看来看去，人家实在接受不了自己怎么就是这个命了，仙婆子就跟人家说："你去找那个打糕粑粑的死老太婆，你去跟她吃吃斋去，你跟我哭死了也没有用，你的命也不是我给你定。"

表爷爷耐心好一些，人家讲什么，她也有一套喊人家行善积德的道理摆着。若道理实在没得用，吃斋也吃不下去了，她就跟人家说："你要么去找东街算命的老变婆看看，说不定你真是命里注定有什么。"

这两头都讲不下去的人不多，反正人无论如何总会给自己找个听得过去的借口。赖别个不行就赖自己，赖自己不行就赖命运。实在讲不通那就没办法了，自己回去哭一场。

不过，见了面这两个人就不好了，讲什么都会吵起来。

仙婆子在门口熬油茶吃，往里头加了腊猪油，表爷爷就讲话了："你也一大把年纪了，要为自己身后想一想，莫再天天吃荤了，初一十五还是要吃个素。"

仙婆子就说："我又不是一天吃一头猪！"

仙婆子给人家算命，躲在屋子里头嘀嘀咕咕地。客人走了，表爷爷就讲话了："做人不要跟这些神神怪怪搅在一起，伤你自己的命。"

仙婆子就说："我跟它们混好一点，你死了到地下才有熟人帮衬。"

仙婆子跟人家讲自己做伢子时如何命苦，表爷爷也要讲话："一辈子遇着的灾都是为了还债的，你苦完了，下辈子就好了。"

仙婆子就说："我看你就是这辈子太好过了，下辈子该你命苦。"

表爷爷一啰唆，仙婆子就拿话顶她肋巴骨，顶得表爷爷翻白眼。

不过也不光是表爷爷啰唆，仙婆子嘴巴也贱得很的，只是表爷爷没得她顶人的本事。

表爷爷说人家杀猪的造孽，仙婆子就说："那是人家猪在还债，关你什么事。"

表爷爷买红脸龟去放生，仙婆子就说："正好了，这个龟下辈子还债，给你当男人。"

表爷爷讲自己行善积德一辈子，仙婆子说："那你也没得什么好报，牌坊也没得一架，造孽造孽。"

表爷爷被仙婆子气得瞪眼，想骂回去又觉得自己造孽，只得念佛，说自己不跟伢子计较。有时候仙婆子看表爷爷是真的不高兴了，又去哄她："哎哟，你跟我一般见识吗？你是真好命的人，有人想你一辈子还想不够，死了都要等着你，你就可怜可怜我这价无人疼的，莫生气了。"

表爷爷又羞又急，不准仙婆子再说，但偏生就给她哄好了，骂一句"嘴巴坏得很"，也就过去了。

旁边听她们瞎白话的人，只当仙婆子是胡说。其实仙婆子没有胡说，表爷爷自然也晓得她不是胡说。因此也更晓得，仙婆子给人算命不全是吓唬骗人，她是真的能跟神神怪怪搅在一起的。

这表爷爷的死亡，算得上沧城的一个范本。又体面，又清爽。要不是瞎了几年眼睛就更好了，沧城老人家都巴不得跟她一样呢。

说是有一天早上鸡叫，表爷爷醒来，觉得这鸡今日发瘟,天分明还是黑的。她想多睡一阵,却怎么也睡不着了。表爷爷的侄儿给她安了大电视,就放在床脚边,表爷爷摸黑开灯,灯也不亮,又去开电视,听见声音,却瞧不着影。

从此表爷爷就瞎了。

表爷爷的侄儿要接她去省城享福,说如今眼睛坏掉了,自己生活是不行的,但表爷爷就是不肯去。表爷爷对自己眼瞎这件事,好像看得很淡,说是自己造的孽,应该的。

表爷爷眼睛瞎了,倒也不影响日常生活,毕竟她在那屋里生活了一辈子,什么东西放在什么地方,她不用眼睛看也晓得。但她从此不能再做糕粑粑,也不再上街了。隔一日,仙婆子去瞧她一回,帮她买些菜蔬送去,有时候也帮她做点麻烦的菜,冰在冰箱里面。

仙婆子这般照顾表爷爷,但算菜钱还是一分一厘地算,表爷爷把钱拿错了,仙婆子就骂:"你不要仗着眼瞎就欺负人哦,你这个哪里是十块!明明是五块!"

表爷爷就笑,叫仙婆子自己拿。仙婆子拿了钱,还会逗表爷爷:"其实这个是十块,但我说是五块,就便宜我了。"

表爷爷倒不跟仙婆子计较的。

就这样过了几年，有天一大早，该仙婆子往表爷爷家去了。平日这个时候，她就要到菜市场去买菜。今日她却没有动，也没有开自己的铺子门，只是搬了个凳子，在门口坐着。

过路的说："仙婆婆，你不去买菜？"

仙婆子说："买屁吃了，你们斋婆婆死了，我等人都起床了，再喊着一起去埋她！"

过路的被吓一大跳，忙问是不是真的，问仙婆子如何晓得，见仙婆子不答，过路的赶忙喊了几个人去表爷爷家，果真喊不开门。等把门砸开，表爷爷果真死在铺里，整整齐齐，干干净净，就跟睡着了似的。

仙婆子喊的年轻人也都到了，一群人有的给表爷爷的侄儿打电话，有的忙着喊殡仪馆借个棺材，有的跑到街道办去打招呼，给表爷爷办个灵堂。

到写讣闻的时候，大家突然发现不晓得表爷爷名字怎么写。大家不敢自作主张翻表爷爷的箱子找证件，只好去电话问表爷爷的侄儿，侄儿竟也是说不清。

有人想起什么，说去堂屋里找找表爷爷家的族谱，表爷爷是斋女，名字要入族谱的。一伙人又哄地去找，最后还是没有找到。有人又说，这都什么年代了，沧城的族谱早就毁得差不多了。

最后还是等表爷爷的侄儿连滚带爬地赶回来，匍在表爷爷跟前哭了好大一气。哭完了，才翻出了表爷爷的身份证。表爷爷身份证上的样子要年轻一些，眼睛也还是亮亮的。

表爷爷死了，她的房子就空下来。如今出租的楼房也多，再没人去租那旧屋。表爷爷的侄儿处理完后事，拿一把大锁把房子锁了，便回省城去，留下的一切就都不存在了。周围的房子越起越高，家家都是白墙的砖房了，只有最后这一座土夯房站在这里，好似越发矮了。屋子一日日落灰，瓦片上长出大朵大朵的石莲，还长出厚厚的苔藓。仔细瞧一瞧，苔藓也会开花呢，一朵朵小小的，竖得高高的，像大头的娃娃伸着脖子，瞧瞧有没有主人，有没有租客。

表爷爷认识仙婆子的时候，两个都还年轻。仙婆子从打鹰山上下来不久，脸上已经有风吹出的皱纹了，但肩膀细弱，看去像个小孩。表爷爷已经做了许多年斋姑娘，领着弟弟的小孩坐在家门口玩，望见仙婆子走过来了，一瘸一拐地。

"我坐坐。"仙婆子一点也不客气，一屁股坐在表爷爷家的门槛上。表爷爷瞧见她腿上几个小洞子，往外淌着血。

"啊哟，你这是蛇咬的！"表爷爷说。

"我晓得是蛇咬的，你们这里的蛇，比打鹰山上的还坏些。"仙婆子说。

"莫坐着了，赶忙去卫生院瞧医生。"表爷爷说。

"医生有屁用，我已经吃了草药了。"仙婆子说。

表爷爷瞧这个女人虽然疼得皱鼻子，却一脸无所谓，一点不怕似的，心里称奇。表爷爷觉得自己应该帮点忙，又不晓得能帮什么，只得进屋端一碗水给仙婆子吃。

仙婆子吃着水，瞧着表爷爷，笑了。表爷爷给她笑得发毛，问她她又不讲。笑了半天，仙婆子说："你这个斋姑娘也不怎么正宗嘛。"

这话又把表爷爷吓了一跳。沧城的斋姑娘打扮与其他妇人无异,初见的人,如何晓得她是斋姑娘?大概是以往听别个讲的。

"娃娃不是我的,是我兄弟的。"表爷爷说。

"我晓得。"仙婆子说。

"那你说什么我不正宗?你乱讲别个的话,有报应的。"表爷爷不高兴了。在沧城,斋姑娘贞洁最是要紧,事关一家人的脸面。表爷爷说:"我兄弟凶恶得很。"

仙婆子又笑了:"我瞧见有个男人尾着你呢。"

这个女人原来是个疯子。表爷爷想着,心里突然就怜悯起来,念了几声佛。

"妹妹,你家是哪条街的,我送你回去嘛。"表爷爷说。

"啧,说了不信呢。"仙婆子说,"他不也是给蛇咬了,才遇上你的吗?"

表爷爷愣在原地。

到我长大的时候,人家说起沧城的斋姑娘,都说她们是旧社会的牺牲品,是封建遗留。但我妈妈跟我说,沧城大半的斋姑娘,分明都是自愿的。我说那是她们的思想被旧社会禁锢了,不能算是自愿。

我妈妈说，别个不讲，你表爷爷肯定是自愿的。

从表爷爷有记忆开始，自己就是在领娃娃的，先是领大弟弟和二弟弟，后来二弟弟死了，又领上两个妹妹，后来妹妹也死了，又有新的弟弟妹妹生出来。家里弟弟妹妹一大串，养活的却没有几个。妈妈不是在怀孕，就是在生产，等终于停歇下来的时候，她已经像一头发了瘟病的牲畜，呼哧呼哧，躺在铺上只晓得喘，下体拖出一大堆暗红的内脏。一屋子都是血腥腐烂的臭气，每到下午日头起来，苍蝇像吃死尸一样吃她的母亲。

表爷爷对于成亲生子的恐惧，早在那时候就种下了。妈妈弥留那几天，表爷爷给她端饭，她已经吃不进去，声音细若游丝，还在问最小的婴儿肚饿了没有，哭叫了没有。

表爷爷说喂过了米汤，妈妈说这不够吃，要表爷爷把小孩子抱来喂奶。她那油尽灯枯一身烂肉，哪里吸得出奶来。小孩子吮了半日乳头，什么也没有吮出来，失了耐心，狠咬一口，咬得妈妈直着脖子瞪眼。表爷爷把小孩子扯开，瞧见妈妈乳头上掀起小小的半块红肉，慢慢地洇出血。

"妈妈你莫心疼了，我喂米汤也是一样的。"表爷爷边哭边说。

"可怜了你也是个女儿，往后嫁了人，妈妈的苦你还要再吃一遍。"妈妈摸着表爷爷的头，把她鬓角的头发捋到耳后。

有一天清晨，表爷爷起床伺候，发现妈妈已经死在铺里。头天夜里，表爷爷确实听见微弱细碎的哭声，但实在太困，没有起得床来。不想一夜之隔，妈妈四仰八叉地躺在那里，下身拖出的内脏被老鼠啃得血呲呼啦，烂肉零零碎碎，撒了半个铺。

妈妈眼睛没闭拢，脸上木木地没有表情。

自己是怎么长大的，表爷爷没有什么印象，反正每天都是带着一群小孩子，掏鸟蛋做游戏，打糍粑粑，耕地插秧，烧火拾粪。日子过得热闹极了，尾在旁边的，有自家弟妹，也有邻居小孩。身边的小孩换了一批又一批，但总归是打打闹闹，哭哭啼啼。

等表爷爷反应过来的时候，她发现自己曾经带过的小孩有的死了，有的念书去了，有的去走马帮，有的嫁人了，总之大家都不是小孩了，都去过各自的日子，跟表爷爷也少了来往。而看看自己，好像被时间忘记了，永远在做同样的活路。

倒也没有全然忘记，因为个子已经长高了，年岁过了二十了。

虽然仍旧吃不太饱，但表爷爷的身体在发育。腰身不能屈服地高挺起来，胸脯上总是贴着补丁。她妈妈在这个年纪，已经把她和大弟弟都生出来了。大概是现实的年岁实在让大人们无法不面对这个问题，表爷爷的终身大事总算被拿出来讲一讲了。

"大姐，"表爷爷的父亲依着小孩子们这么喊她，"米粮山有人来提亲，要讨你过去。"

表爷爷不讲话，父亲也不瞧她，自顾自往下讲，手指头在茶杯上"叩叩叩"地磕。

"他家条件不好，礼钱也拿不出多少，做爹的实在是看不上，我们家的条件也可怜，但让你去吃那个苦，做爹的也不放心。"

"我不嫁人，我做斋姑娘。"表爷爷说。

父亲倒是一愣，没想到这个女儿如此痛快。

"倒也不是非要你留在家里做斋姑娘，你如今也大了，跟你一起玩的丫头们都已经领娃娃了，做爹的要为你终身考虑。但是米粮山走起来又远，做爹的不能放心。"父亲说。

"我不想嫁，我嫁了家里事情怎么办。"表爷爷说。

父亲见女儿如此懂事，竟有些感动了，一时也不晓得该说什么。

"你懂事，做爹的心头高兴，但是你终身大事也合该考虑。要不然你看看隔壁家的桶匠，他家女人先前死了，你要是嫁给他，离得家里近，倒也还能照顾家里。"父亲说，试试探探地。

"我不去，他家三个娃娃，我去了就要带他家娃娃了，你怎么整。"表爷爷说。

父亲嗓子有些哽住，为这个女儿的懂事感到欣慰，简直有点感激了。想了一阵，他说："那你的婚事，做爹的也不能不想。虽然沧城斋姑娘多，但是别个也要说做爹的小气，误了丫头终身。"

"我自己去讲嘛，我就是要留在家里头，我就不嫁，我就图我爹养着我。"表爷爷说。

于是事情就定下来了。来年大年初一，父亲请了年纪大的斋姑娘来家里，叫表爷爷跪在堂屋，把头发梳成已婚的样式，又在神明跟前发了誓，说这辈子吃斋念佛，远离男人，行善积德。父亲也庄重地发了誓，说只要活着，必定护着这个姑娘，家里再穷，也定要给她留一个屋。

大弟弟也被抓来跪着发了誓，说这一生一定养着大姐，往后哪怕大姐做不得活路了，或是娶了媳妇跟大姐处不拢，也绝不给大姐逐出门去。说自己以后的小孩，就是大姐的小孩，这辈子不得辜负的。

辜负了就不得好死。具体怎么算辜负那不晓得，但反正话是这么说的。

表爷爷做了斋姑娘，街坊隔壁议论了一阵。也有说她父亲心狠的，但表爷爷自己讲愿意，于是大家就说她这样也命好，免了女人本该受的罪，虽说斋姑娘活得都没有人气，但脸上是荣耀的。只要她能一直守住本分，将来名字能跟男人一样上族谱，说不定还能有个牌坊呢。

做斋姑娘，除了念经打坐，与平常妇人也没什么区别。仍旧是要做活的，仍旧领娃娃，只是杀鸡煮肉之类的事情不必做了。

日子久了，表爷爷搭伙了一个斋姊妹团，里头的人都是斋姑娘，常常一起聚着讲话，做饭吃。说是姊妹，其实里面老得要死的人也有，像表爷爷这样才做了斋姑娘的年轻姑娘也有，做祖孙都是不错的。大家各有母家，但有运气不好的，兄弟或是侄儿男女待得不好，就常常有眼泪要掉。别个就陪着，讲道理来劝，或是钱物上帮衬一把。也有书香人家的斋姑娘，教大家读书念经，也有教针线女红的。

跟斋姊妹坐在一起，表爷爷听了好些故事，大都是讲斋姑娘如何守节，最终得到牌坊的。有一个故事是这么说的，一个寡妇不愿再嫁，于是做了斋姑娘，十分本分。年老的时候村里要给她起牌坊，可是一切准备妥当，牌坊却无论如何立不起来，最后经菩萨点化，这斋姑娘才坦言相告，说虽然做了斋姑娘，但其实心里头一直记挂亡夫，想要下辈子与他再做夫妻。

这样就不能说是真正守节的斋姑娘，自然牌坊立不起来，一辈子斋就白吃了。

还有一个故事这么说，一个女子从小立志做斋姑娘，心思笃定，从未与男人有来往，但年老时起牌坊，也是立不起来。后来这斋姑娘犹豫良久，终于说出自己曾有一次见着家里公鸡与母鸡踩蛋，心里动了一下，一辈子也就这么一下。话刚说出口，那头的牌坊就立起来了。

这样的斋姑娘虽然心意动过，但也是人之常情。既然坦然承认了，就算不得过错，这一辈子的斋就没有白吃。

这些故事不晓得流传了多久，也不晓得真假，但是听得多了，表爷爷也觉得男人这个东西实在可恶，但凡沾染就可能毁一生清白。有时候别个女人家里有个热乎男人靠着的，就跟表爷爷说："女人还是要跟男人过，日子才有滋味。"表爷爷只当听不见，还觉得对方冒犯。若不是吃斋的人心思淡泊向善，就要跟人家骂起来了。

到我记事的那时候，表爷爷已经很老了，人又好，又勤快，一辈子没有沾染过男人和荤腥。若不是因为时代变了，再没有牌坊这一说，表爷爷本该是得个牌坊的。

但仙婆子就不这么觉得。她是沧城那群老太婆里最不贞洁的一个，自然也看不上牌坊，但如果非要说立牌坊，仙婆子觉得表爷爷的牌坊立不起来。她一这么说，表爷爷就要生气。

不过仙婆子的说法也有道理就是了。

那时候仙婆子还在打鹰山当伢子,而表爷爷还年轻着。虽然做了几年斋姑娘了,但因为没有生育,身子没有吃什么苦,还是鼓胀饱满,脸盘子也还是肉团团的。她的糕粑粑打得好,已经成了家里重要的收入。她每天带着几个大些的小孩子,推着一个独轮的木板车,车上放了糕粑粑,往四处去送。沧城人少,办不了太多的红白事,她就远远地走出城,往十里八乡去。

有一年春天,表爷爷领着小弟弟往西边去。天气还冷,豆苗还没有长高,田里稀稀拉拉的。野菜倒是长出来了,鲜嫩得很,若不是赶着做活,表爷爷就要停下来擎野菜了。麦蓝菜、蒂蒂菜、蒲公英,回去烫了,淋点香油,夹一坨麦酱,是最好吃的。

正走着,表爷爷望见豆田边有个人坐着,大概是在擎豆笋子吃。豆笋子是蚕豆的嫩苗,嚼起来脆嫩鲜甜,只是有股子生气。那人半坐着,身子都要匍在豆苗上了。

做惯了活路的人见不得糟蹋庄稼,表爷爷喊起来:"你是个羊吗,把人家地都要吃秃了。"

那人没有反应,仍旧匍着,肩膀耸动。表爷爷好了奇,凑过去看:"豆笋子再过一阵就结果了,你要吃也四处吃,莫按住一处。"

等凑到跟前,表爷爷着实被吓了一跳。只见这人十几岁长相,本该活跳跳的年纪,却一脸铁青。他撸起裤脚露出小腿来,肿得比大腿还粗些,上头两个大血洞,正往外滋着血呢。

斋姑娘本就见不得血,表爷爷只觉得眼前一黑,头都晕了去了。她赶忙扶住弟弟的肩膀,定一定神,再去望,她就晓得,这人是着蛇咬了。

"你家是哪里的?"表爷爷问,"赶紧走,瞧大夫去,你这是有毒的。"

倒是不消她讲,被蛇咬的人自己也晓得紧张,只瞧瞧他那血流不止的血洞子,还有筛糠一样抖的身子就晓得了。表爷爷伸手要去扶,又想起自己斋姑娘的身份,哪里碰得男人,赶忙推自己小弟弟:"赶忙扶上车,中毒了要命的。"

小弟弟年纪还小,哪里扶得起来。这人如烂泥一般,自己也不晓得使劲。大概也是使劲了的,只是实在无劲可使。表爷爷无法,总不能眼见着人死她跟前,只得暂且不管斋姑娘不斋姑娘，跟小弟弟两个连拖带扯，把那人拖上了木车。

表爷爷已经一手的血，在前襟上擦了。那人青个脸半天没有吭气，这阵倒是讲话了。他声音嗡嗡如蚊虫一般，咕噜咕噜也不晓得在讲什么，手抽搐着往那地下指。表爷爷才望见先前他坐的地方还有一个大皮袋，这时候了还不肯忘，非要带着，怕是人家的家当了。

表爷爷把皮袋拎起来，觉得重得要命。她想推车赶忙回沧城去，车如今也重得要命。血滴子沿着路一路往下滴，被灰尘一裹，圆溜溜地滚在那里，宝石珠子似的。那人在车上颠簸着，脖子垂了下去，脑壳随着颠簸晃啊晃的。

"今日要糟，死个人在车里头，太不吉利。"表爷爷想着。

"阿弥陀佛，菩萨望见的，我一见他就救了，救不回来并不是我的过错。"表爷爷又想着。

等推回沧城寻了大夫，这给蛇咬了的人已经不省人事。表爷爷的车上尽是血，装了糕粑粑的蒸笼也给血染了，糕粑粑也给血染了。今日的生意是做不成了，只怕还误了人家的喜事,不晓得如何交代了。

表爷爷又气又恼,也不晓得该往何处去。她又想留下来等着人救活了赔她的糕粑粑,又怕人死了染上晦气。等了半晌,小弟弟又说肚饿,闹了起来,要回家去。表爷爷站也不是,坐也不是,只得狠狠掐一把小弟弟的胳膊,他倒是闹得更大声了。

无法,表爷爷只得挑几块没有被血沾染的糕粑粑,又在大夫铺里寻了水,叫弟弟就着水吃了。

"大姐,我们再不回去,今天要挨骂了。"弟弟吃着糕说。

"这毕竟是一条命,我们是行善积德的人,你再催,打你嘴。"表爷爷说。

"这也不是我们咬的他!"弟弟说,"送他瞧大夫,还要如何了。"

"那谁赔我们糕粑粑?这么多,你来赔?"表爷爷说。

弟弟不讲话了。过了好一阵,弟弟说:"等他死了,我们能不能卖他行李赔钱?"

"造孽的话!"表爷爷又在弟弟胳膊上掐了一把。大夫把门帘一掀,出来了:"刚刚蛇咬那个,是谁家的人?"

表爷爷赶忙迎上去。大夫瞧她一眼:"又是你家的?你家到底有多少娃娃?"

"他好了?"表爷爷说,"不是我家的,是路上捡的。"

"哪里就好那么快。"大夫说,"不过能活命。你先领回家去,明日再来换药。这些药你带回去,熬给他吃。他不吃就用调羹撬他嘴,灌下去。"

"这要多少钱?"表爷爷说,"他不是我家的。"

"不是你家的难道是我家的?"大夫说,"赶紧地,领回去。"

"我不领!"表爷爷说,"不是我家的!"

"那你救他做什么?"大夫说,"好歹是一条命,亏你还是个斋姑娘。"

表爷爷就这么稀里糊涂把那挨了蛇咬的人拖上车,稀里糊涂地回家去。他沉重的皮袋表爷爷未曾打开过,心里满是害怕。

万一这人袋子里是一包石头,根本无法赔钱怎么办。

万一这人死在家里怎么办。

造孽造孽。阿弥陀佛。

万一父亲不准他进门怎么办？

万一父亲给他扔出来，他岂不是要死在路上？

就这么想着，表爷爷把那人推回了家。一院坝的小孩子瞧见都围过来瞧稀奇，对着那人又是血又是泥的腿吱哇怪叫。

一个小孩去翻皮袋，被表爷爷喝住了。

父亲也过来瞧，瞧见那比他儿子还小许多的人脸色惨白像死人一般，拿手在鼻子底下探了探。

"爹，这个人应当有钱，你瞧他衣裳，也不像个要饭的。"表爷爷说。

"先推进去，推进去再讲。"父亲说。

这倒是大大地让表爷爷意外了。父亲一辈子安分守己，最怕惹是非，如今倒是不怕有人死在屋里。表爷爷迟迟疑疑，倒是父亲催她："这也是没得办法，如今世道乱，你是个斋姑娘，合该要做这些事情。"

也不晓得为什么，听了父亲这个话，表爷爷心里头的怕一瞬间就消失了。她也不再想赔钱的事情，也不再想这个人会不会死，心里充满济世救人的豪迈了。

就像斋姊妹团里那些姐姐讲的，做斋姑娘行善积德，何况这可是活生生的一条命。

在表爷爷家住了一个月以后，这人算是好全了。

这个时候，表爷爷晓得了他是一个西边过来的皮匠，只有十六岁，刚刚学成了手艺，离了师傅，往沧城过来，打算谋一份生路，没想到还没到沧城，就给蛇咬了。

"吃豆子，蛇咬。"小皮匠说。他不大会讲汉人的话，讲得磕磕绊绊。

"你活该，谁叫你偷人家东西吃。"表爷爷说，咯咯咯地笑。

"肚饿。"小皮匠说，"阿姐救，谢谢阿姐。"

"来沧城你走了多久？"表爷爷说。看小皮匠没太听懂，她又说："我问你，你来，走了几天？"

小皮匠低头去想，过了一阵，抬头很高兴地说："二十八天！"

"你走了二十八天？你从天上下来的？"表爷爷十分惊讶，毕竟西边的几个城都不过十天八天的脚程。

"二十八天，谢谢阿姐！阿姐好，二十八天。"小皮匠说。

表爷爷这才晓得他听拐了话,以为在问他住到如今有几天。讲不通,只得算了。

小皮匠那个大皮袋已经打开来,叫所有小孩子都玩了一圈了,表爷爷又一样一样追回来给他放回去。有很沉重的砧子、剪子、刀子、锥子,也有很粗的麻线,确实是个皮匠的样子。还有些零碎的钱币,小皮匠通通塞给了表爷爷,表爷爷也不推辞,毕竟他在这里住着,吃饭,吃茶,哪样不要钱。

何况还救了他一命呢。

虽然吃食简陋,但小皮匠伤好全了,还吃胖了些,露出原本小孩子的样貌来。他长得黑黑的,鼻梁子高,两个眼睛亮得要命,一看就不是沧城人,但笑起来露出一口白牙齿,倒是跟所有小孩都一样的。

"阿姐,吃好。"表爷爷做饭,小皮匠尾在旁边烧火,这么说。

"吃好!阿姐!"表爷爷给小皮匠吃糕粑粑,他也这么说。

于是表爷爷便晓得他这是说"好吃"呢,就教他:"好吃,你说,好吃。"

"好吃,阿姐好吃东西。"小皮匠说。

"你才是东西!"表爷爷就笑。

小皮匠跟小弟弟住一个屋,都是没长大的小男孩,如今倒是玩在一处了。虽然语言不通,但小皮匠很快学会了沧城男孩子的逗猫打狗,连玩牌也学会了。他手艺好,会做很漂亮的弹弓,成了带着一帮小孩子打鸟的头目。有一回小皮匠领着一群小孩子打来一大堆鸟,在院坝里烧着吃,吃得嘴巴漆黑。

"阿姐!吃!好吃东西!"望见表爷爷回来,小皮匠几乎是弹跳起来,拿了烧好的鸟就要塞给表爷爷。几个小孩子阻拦不及,眼睁睁望见烧鸟被小皮匠冒冒失失地杵在表爷爷脸上,表爷爷脸也黑了。

这可是大大地冒犯了表爷爷。虽然她也知道,小皮匠不晓得斋姑娘不食荤腥,但她仍然大大地生气起来,一把推开小皮匠,又端一盆水,把小孩子们烧鸟的火堆给打灭了。她瞧见那堆死鸟里竟还有几只未来得及拔毛的燕子,更是气急败坏,眼泪都掉下来。

"你滚!"表爷爷说,"你走出去。"

"阿姐,好吃。"小皮匠被这突如其来的怒火吓得目瞪口呆，愣愣地说。几个小孩也被吓得不敢讲话。

"我救你是行善积德，如今你倒是杀起生来了，你还叫我吃，你造孽。"表爷爷眼泪啪啪地掉。其实她心里也明白小皮匠没有坏心，但毕竟做斋姑娘这么多年，哪里受过这委屈。

"阿姐，阿姐。"小皮匠根本不晓得表爷爷到底哭什么，想要去擦表爷爷的眼泪，手伸出去半截又缩回来。手爪子不晓得如何放，小皮匠干脆跟着哭起来了。

一帮小孩看他哭，倒是忘记了表爷爷的怒火似的，纷纷笑起来，没见过这么大的男孩子哭得鼻涕过河的。瞧他哭得厉害，肩膀都耸动起来，表爷爷又气又好笑，心想这个小孩子怕是没有断奶，竟然就一个人出来讨活路，也是可怜。想来今日之事也不能怪他，毕竟自己也没有真的吃下鸟肉去，那便算了吧。

表爷爷拿出手巾给小皮匠擦眼泪，小皮匠抓着表爷爷的手巾一角，嘴里哇哇地仍旧是哭。表爷爷没有瞧过男人哭成这副样子，心里跟着酸楚，倒是只能拉着他的手，喊他莫哭莫哭，阿姐不骂了。

"阿姐，阿姐。"小皮匠说着，嘴里又叽里咕噜地讲他的家乡话，也不晓得在讲什么。

"你以后，不准，打燕子！"表爷爷说，"阿姐吃素，阿姐不吃。"

小皮匠听不懂似的，仍旧是哭。

表爷爷又说："打鸟，生气！"

这回小皮匠听懂了。他立刻点头，拉着表爷爷的手叽里咕噜一气，又扭头把死鸟撸了一堆，扔出去了。

表爷爷想拦他，毕竟虽然自己不吃荤腥，但弟弟妹妹们是吃的，扔了也是浪费，还怪心疼。但小皮匠动作飞快，已经扔了。小皮匠抓着表爷爷的手往自己脸上拍，边拍边说："阿姐，不打鸟，你打，你打。"

表爷爷已经笑出来了。

那以后小皮匠再不打燕子，别的鸟也不打。别的小孩举着弹弓喊他出去，小皮匠一脸正色地摆手不去。表爷爷心里欣慰，心想若是每个弟弟都这般听话就好了。

表爷爷瞧小皮匠淘气，领他去斋姊妹团里听人家讲经。斋姊妹团里不能有成年男人，但小孩子是不怕的。老少姊妹们望这小皮匠长得俊秀，人又腼腆不会讲话，都觉得好玩，这个掐一掐耳朵，那个胳肢他一把，逗着小皮匠玩。瞧小皮匠害羞红了脸，就更是笑得不得了。

"小娃娃，你阿姐好不好？她救了你一命。"斋姊妹们说。

"阿姐好，阿姐美。"小皮匠说。

斋姊妹们就笑话小皮匠，说表爷爷积了大德，要有好报。也说小皮匠这么乖，以后也要行善的。

小皮匠确实是乖，自打在铺里头能坐起来，他的手就没有闲着，把屋子里头的几样旧皮具都拣来补了。小皮匠的手艺细，一瞧就是给马帮做惯了活的，皮绳编得细如棉线，把表爷爷父亲一顶炸了线的旧皮帽缝补得细细密密，倒是比新的还要结实了。

一个秃了毛变了形的熊皮筒子也给小皮匠拿来补。这筒子皮太硬，以往表爷爷父亲想补，实在补不动，扔了又实在可惜。如今也给小皮匠修起来了，用锥子戳得一头是汗。表爷爷父亲瞧小皮匠手巧，喊了些街坊隔壁来补皮具，小皮匠也不讲话，也不问人家给不给钱，只把东西接过来就补。东家拿个皮马袋，西家拿个皮筒靴，南家拿个皮坐垫，北家拿个毛大衣，都是不晓得闲了多久的老物件，有给虫咬了的，有硬得跟木板子一样的，通通拿来修了。

街坊隔壁要给钱，表爷爷父亲倒是不客气，替小皮匠回绝了，说都是自家人，还没开门做生意，没有收钱的道理。街坊隔壁不好意思，就送些家里吃食过来。也没有什么好的东西，毕竟时日艰难，只是送些粮油米面，自家的瓜果糕点。但这也叫小皮匠十分高兴，果子拣红的，糕点拣酥软的，包在皮袋里，尽是要留给表爷爷。

"你阿姐吃不得这个！"表爷爷父亲瞧他把一块猪油和面做的水酥饼藏在皮袋里，哭笑不得。这小孩子懂事讲礼节，待女儿好，做父亲的自然也高兴，但女儿回来瞧见只怕又要生气了。

"这个是猪油酥出来的！荤腥的你懂不懂？荤腥，猪油，她一个斋姑娘你叫她吃什么水酥饼！"表爷爷父亲说。

小皮匠傻愣愣地望着，以为这老头要抢吃，不敢不给，只得犹犹豫豫把水酥饼掏出来，给表爷爷父亲递过去。老头又给他推回来。

"我不吃，我是叫你自己吃。你吃！你，吃！"表爷爷父亲恨不得手脚并用给他比画。

"阿姐吃,好吃东西。"小皮匠笑起来,脸盘子都亮了似的。

"你阿姐不吃!嗨!憨包娃娃!"表爷爷父亲气得掉头走掉,"叫她回来骂你!"

等表爷爷回来,别的点心自然已经一点不剩,叫弟弟妹妹们搜刮得干干净净。只有小皮匠献宝一般,小心翼翼地捧了块水酥饼来,脸上笑得像个烂柿花。

然而表爷爷没有生气,倒是笑了,把饼子接过去。水酥饼一碰就碎,小皮匠把手心里的残渣拍在自己嘴里:"好吃,阿姐,阿姐吃!"

"阿姐不能吃。"表爷爷说。她捧了水酥饼细细地瞧,闻见饼子甜甜的气色。瞧了一阵,把饼子又塞回小皮匠手里。

小皮匠眼皮垂下去。

"阿姐谢谢你。"表爷爷说,"阿姐晓得是好吃东西,但阿姐是斋姑娘,不吃这个。"表爷爷慢慢地讲,小皮匠努力地听。

"阿姐,吃这个,不行。"表爷爷边讲边比画,"吃了，啊……"表爷爷做了一个手卡脖子的动作，于是小皮匠听懂了。

"阿姐，中毒？"小皮匠说。

表爷爷笑："对，对，你吃，阿姐不吃，阿姐吃了会中毒。"

晚上，表爷爷正要睡觉，听得窗户叩叩地响。她出门去瞧，望见窗台上放了一个碎皮子缝的花燕子，正匍在那里，像要飞起来呢。

表爷爷把燕子放在枕头边上，想着小皮匠这个小孩子，真是乖呢，若真是自家弟弟多好啊。

关于小皮匠的闲话，表爷爷是从别人嘴巴里听来的，她自己倒是一点没察觉。

那阵子，小皮匠已经到沧城快要一年了，沧城话都会讲许多了。表爷爷父亲瞧他手艺好，替他在街上找了个小门面，做起皮匠生意来。小皮匠仍旧跟弟弟住在一个屋，饭也仍旧在家吃。苦来的钱，小皮匠除去买料子过房租，还给小孩子们买点心，剩的通通交给表爷爷父亲，老头乐呵呵地接着，说要叫阿姐给他做好吃东西。

这小皮匠看着傻，其实是灵巧的一个人，只是语言不大通罢了。遇上街子天,他就去东街找马帮,推销他做的皮马具,也顺路买马帮从北边带来的皮料和工具。他的手艺好,做的皮具精美又结实,马帮爱买。若是遇上家乡来的赶马人,小皮匠的嘴巴就关不住,叽里咕噜,吱吱哇哇讲家乡话,恨不得唱起来了。

但当赶马人们指着西边山,问他何时回家去,小皮匠就把头摇得飞快,还把裤脚子撸起来叫人家瞧那蛇咬的伤,如今已经好全了,剩下两个旧痕,眼睛似的。

街坊隔壁有闲话起来,说小皮匠想到表爷爷家做女婿。

先是给表爷爷家送米的婆娘说的,她说,她瞧小皮匠长得俊秀,逗他问:"留在我们沧城找媳妇了吧?"

也不晓得小皮匠听没听懂,只是笑。

送米的婆娘说:"你爹娘给你说媳妇不?"

小皮匠说:"爹娘没有,有师傅。"

送米的婆娘说:"你师傅给你说媳妇不?"

小皮匠说:"我自己说。"

送米的婆娘笑:"自己说,你还怪能干。那你去我家上门不?我家有个侄女,大房子给你住。"

小皮匠还是笑。再问,小皮匠就说:"我不去,我跟阿姐住。"

这算什么话呢？他跟这阿姐说白了也就非亲非故。

还有东街钉马掌的瘸子，他说小皮匠一个猫崽子，想什么他一眼就看出来了。

小皮匠去卖皮具，瘸子问他："你卖了钱要做什么呀？"

小皮匠笑眯眯地，说："我卖钱给阿姐。"

瘸子问："男人苦钱是要给媳妇的，阿姐是你媳妇？"

小皮匠就害羞地低头不搭腔了。他未必心里没得鬼啊！没得鬼怎么不敢搭腔？

大家都觉得好笑，这十几岁的小娃娃，瞧上妖精都不奇怪，他偏生瞧上一个大他那许多的斋姑娘。亏他是个不懂事的小娃娃，又是外乡人，要不然放在以前，给打死了都活该。

讲闲话的人多了，表爷爷父亲就坐不住，心里头矛盾得很。小皮匠想什么他多少也瞧得出，但自家姑娘想什么却不十分明白。想来想去，还是要跟自家姑娘说明了，免得闹出什么事情来讲不清楚。

"你晓得别个怎么讲你不？"有一天表爷爷送了糕粑粑回来，父亲把她喊在堂屋。堂屋墙上挂着族谱，两个人在族谱下对着坐。

"不晓得,怎么讲?"表爷爷说。

"人家讲,你跟那小皮匠相好!"父亲说。眼看姑娘变了脸,父亲赶紧又补上:"做爹的当然晓得没有,但是别个都说他看上你。"

"别个是别个,你是我爹,你乱讲我清白?"表爷爷说,感觉手指头麻起来,声音颤颤巍巍。

"我不是乱讲你清白,做爹的晓得你清白,我家的姑娘没有不清白的。"父亲说。

"我是斋姑娘,我打不得人,但是你听见了你就该打回去。"表爷爷说。

"其实留你做斋姑娘,做爹的心里头也难过。"父亲说,"要不是家里头事多,做爹的也不忍心你一辈子吃斋。"

表爷爷说:"不与你相干。"

父亲说:"这个娃崽子做爹的其实瞧得上,人也勤快,还会苦钱。若是当年不做斋姑娘,多等几年,未必现在……"

表爷爷打断,说:"你在讲什么话了,我是斋姑娘,听得这话？他才几岁啊？"

父亲说："是小你多些，但是人家做童养媳，男人是在背上背大的，不也照样做夫妻。"

表爷爷脸膛涨得通红，眼泪掉下来。父亲晓得自己说错了话："做爹的不是那个意思，如今你已经是斋姑娘了，除非你自己愿意，不然没有还俗的道理。爹只是说，缘分这个事情也是怪。"

"什么缘分！我跟那娃娃没有缘分！"表爷爷带着哭腔说。

"是没有，是没有。既然没有，就离他远些。"父亲赶忙说，"做斋姑娘好，你瞧这族谱，往后要写你名字的。"

表爷爷抹着眼泪站起来。父亲在背后叹一声："唉，不晓得他以后去哪家做女婿。"

表爷爷哭出声音，回头骂一句："把他攉出去，爱去哪家去哪家！"便回自己屋去了。

晚上，小皮匠回来，照旧是没来得及放下他的皮袋就冲到表爷爷的屋，大喊："阿姐！"

表爷爷在屋里不吭气。小皮匠又喊，表爷爷骂道："莫喊我！你走！离我远些！"

小皮匠捧着几块素饼，傻愣愣地站着。几个小孩子尾着他，眼巴巴地瞧。小皮匠不敢再喊，只得把饼子给几个小孩分了，垂头丧气地回屋去了。

撵出去自然是不会的，表爷爷父亲还打算继续收小皮匠远超过该有的房钱和饭钱。要离远也无法离得多远，只能表爷爷自己扯开些。吃饭的时候，小皮匠刚刚在桌边坐下，表爷爷就端着碗出去了，站在院坝里吃。小皮匠犹犹豫豫地夹了菜，挪到表爷爷跟前把菜夹给她，表爷爷连菜带饭往鸡食盒里一泼。

造孽啊，浪费了。表爷爷想，但也无法了，总不能再吃他夹的菜。

平日里，表爷爷在灶屋里打糕粑粑，小皮匠总是尾在旁边帮忙，帮着递东西，帮着把捣乱的小孩子吆开。这阵子小皮匠再要进屋，表爷爷就不准了。

"出去，脏！比猪还脏！"小皮匠一只脚刚刚进屋，表爷爷就骂开了。

小皮匠便不敢进，只扒着门，伸着脑壳往里头瞧。表爷爷走过来，小皮匠以为要与他说话，正要笑，表爷爷把门在他鼻子跟前"砰"一声关上了。

就连搬糕粑粑上车,也不要小皮匠帮忙。表爷爷架好了车,指挥弟弟把蒸笼一屉屉抬上车。小皮匠要来帮忙,还未伸手,表爷爷就骂:"不准动!脏死了!脏得没人吃!"

小皮匠送的那个燕子,如今看着也嫌碍眼了。表爷爷想丢出去,又觉得怪可惜,也许以后可以留着给小孩子玩,于是收在衣服箱子里,反正再不想看见。

她自然晓得小皮匠委屈,怕是根本不明白为什么阿姐就翻了脸,也怕是人家根本没得那心思,给外头的闲人乱讲罢了。表爷爷瞧着小皮匠一日瘦过一日,一日阴沉过一日。他总是默默地站在远处瞧着她,望过去,就望见他汪着一包眼泪。但表爷爷刚刚要替他难过,又立刻告诫自己:"管他有没心思,管他是真是假,反正外头不能有闲话。"

闲话讲来讲去就摆脱不了,这斋姑娘还做不做了?

小皮匠这副模样,表爷爷只当瞧不见,弟弟们倒是难过了。以往日日领着他们在外面野的小皮匠,如今也不领他们野了。以往日日苦了钱给他们买点心的,如今也不买了。毕竟这么长久相处，都跟小皮匠处出了感情，瞧着他坐在那里发呆，待着待着就垂下头抹眼泪。还是个小男孩细高瘦长的模样，脊背就跟扛着千斤重的担子似的，也是叫人看不下去。

"兄弟，你莫憨，我大姐是斋姑娘。"大弟弟如今长大，是娶了妻、有了两个孩子的人了，自然承担起劝慰小皮匠的担子，"斋姑娘不兴嫁人，一辈子也不嫁。"

小皮匠垂着头，就跟听不懂似的。

"你才几岁，以后苦了钱，什么样的女人找不到。"大弟弟说。

"我不要。"小皮匠赌气似的说。

"要不要由你，但是我大姐你肯定要不起。"大弟弟说。

"我能苦钱。"小皮匠说。

"晓得你能苦钱。"大弟弟说，"你才几岁？我大姐几岁了？"

小皮匠说："阿姐不老。"

"比你老多了！"大弟弟说，"我大姐留在家，是要给家里做活路的，要给我领娃娃的。嫁了人，我家怎么办？未必你来我家做上门女婿啊？"

"嗯。"小皮匠说。

倒是把大弟弟逗笑了："你嗯个屁。"

两个人讲不下去，只得呆坐在那里。小皮匠摸出一双皮靴子来，皮子鞣得软软的，针脚密密的，鞋帮上还雕了花，是两个燕子。大弟弟把靴子拿起来瞧，不消说，是给表爷爷做的。大弟弟叹一口气。

"你是真个喜欢我大姐啊？"大弟弟说。

"我喜欢她，她喜欢我。"小皮匠说。

大弟弟又笑了："你怎么晓得她喜欢你了？"

小皮匠不讲话。

大弟弟把靴子带给表爷爷，说自己实在是无法，劝不动，他是真有心思。他瞧着自己大姐脸色，像是试探似的，说要不然就把他撵出去。

表爷爷说好啊，明日就撵。

大弟弟又说："撵出去他肯定气死，那也不好，毕竟也是你自己救下来的一条人命。"

瞧表爷爷不讲话，大弟弟说："他虽年纪小，但人实在是好的。"

表爷爷唾一口,把皮靴扔在床底下。

等大弟弟走了,表爷爷却又把靴子摸出来,细细瞧那手艺。小皮匠手艺是真的好,这靴子也是贵重,活这么大,她还从未穿过皮靴子呢,那鞋面子多么光滑,多么柔软,上面的燕子又多么好看。若是穿着这鞋去送糕粑粑,怕是走一百里地脚也不痛的。

晚上,又有人叩叩叩敲表爷爷的窗户。她晓得是小皮匠,只当听不见,还把灯吹了。

窗户仍旧叩叩叩。

眼看这个人今日若不把她敲出去,就不打算走,表爷爷只得对着窗外喊:"做什么?睡觉了!"

"阿姐!阿姐!"小皮匠的声音。

表爷爷不讲话了。她也像是赌气了,又不晓得气从何处来,大概是羞恼这个没有规矩的人,竟敢打斋姑娘的主意。小皮匠在外面小声喊,表爷爷就是一声不吭,等着看这个人要闹到何时去。听得小皮匠声音都带哭腔了,她感到心脏有一丝丝的疼,但也有点痛快。

也不晓得为什么。

喊了半晌，没有声音了，小皮匠走了。表爷爷又等了一阵，觉得有点空落，也松下一口气来，轻手轻脚地开门往外瞧。这个憨包娃崽子，怕是气哭了。

结果刚一开门，就瞧见小皮匠倚着墙坐在地上，抬起头来，一脸的眼泪。表爷爷反应不及，竟被他抱住了腿。

"阿姐……"小皮匠哇地哭起来。

表爷爷又羞又急，一时竟挣脱不开，又怕吵嚷起来叫人听见，那更是解释不清，只得捂了小皮匠的嘴，给他扯进屋里。

关了门，院坝里静悄悄的。

小皮匠看着像是要大哭一场，偏又给表爷爷那着急忙慌的样子吓住，自己捂了嘴，不敢叫哭声漏出来，只是肩膀仍然止不住地抽。此时已是冬天，他穿得单薄，不晓得是哭的还是冻的，哆哆嗦嗦的。

"你在闹什么！你晓得我是谁不！"表爷爷压低了声音。

"你是阿姐。"小皮匠哭眯了眼，也压低着声音。

"毛驴才是你阿姐！我何时是你阿姐！"表爷爷说。

小皮匠又要哭出来，表爷爷赶忙又去捂他的嘴，不

129

想被他抓了手,按在那瘦瘦单单的胸脯子上。

"你是阿姐,阿姐,不要我。"小皮匠说。

"好好好,我是阿姐,你放开手!"表爷爷被小皮匠整得没法。

"阿姐,你要我,我会苦钱。"小皮匠说。

"我是斋姑娘啊!你这价赖在我屋,给别人瞧见要打死你!"表爷爷说。

"我不怕!打我!"小皮匠倒是英雄了起来。

"你不怕?给人晓得,还要打死我!"表爷爷说。

这回小皮匠怕了,自己收了手去,用袖子擦眼泪水。

"你莫闹了!回去睡觉。"表爷爷说。

小皮匠咽了咽口水,像是把哭泣憋回去似的。憋了半天,说:"阿姐,你做媳妇,我苦钱给你。"

表爷爷气笑了:"你疯啦?我是斋姑娘,我比你大得多!你是个小孩!"

小皮匠脑壳摇得飞起:"不是小孩,我大了,我苦钱。"

"你是哪里来的野人,一点规矩都不懂?"表爷爷说,"你们那里兴这样没规矩的?"

小皮匠说:"我们那里,喜欢你,就要你做媳妇,苦钱给你。"

"我比你大多了,不怕?"表爷爷说。

"不怕,我大了。"小皮匠说。

"斋姑娘,你不怕?"表爷爷说。

"没有斋姑娘,没有!"小皮匠说。

那真是倒反天罡。表爷爷想着,又说:"你师傅不同意呢?要打死你呢?"

"一起死。"小皮匠说。

表爷爷笑起来,这个小孩讲话真的一点规矩也没有:"憨包才跟你一起死。"

"真的,真的,"小皮匠见表爷爷笑,倒是着急了似的,"我们那里,一起死,你死了,我就死。不同意,就一起死。"

"呸!"表爷爷往地上唾了一口,心里念一句佛。这个小孩子讲的话她一句也未曾当真,但也被他这火冲冲的性子给惹得生了些感动。毕竟见多了小孩,表爷爷晓得小孩子都胡说八道,但再胡说,说的时候心里都是真的。

"你莫乱说,再说,阿姐生气。"表爷爷说。

"阿姐不生气,不生气。"小皮匠说。

"你出去,赶紧去睡觉!阿姐就不生气。"表爷爷说。

"阿姐,做媳妇。"小皮匠还是抽抽噎噎。

"你出去!我生气了!再也不理你了!"表爷爷说。

小皮匠这才屁滚尿流地逃出去,又恋恋不舍地在窗外小声喊了几声"阿姐",院坝里才清净。

这个人确实不能留,表爷爷想着,再留着怕是要闹出事了,父亲再不愿意,也得撵出去。

小皮匠是两日后的一个早晨走的,跟表爷爷的大弟弟一起。这一走,就再也没有回来了。

表爷爷说要撵小皮匠走,父亲很舍不得。一是舍不得小皮匠苦来的钱,二是觉得有点可惜,毕竟这年头世道乱,还俗的斋姑娘越发多,若是女儿能还俗,招了这小皮匠在身边,也是一个好劳力。

但父亲再怎么可惜,也怕再这样闹下去出事情。表爷爷千催万催,非要立时把小皮匠撵出去不可。父亲晓得女儿心思坚定,若是平白给人污了名声,性子一烈闹出人命可怎么得了,还让一家人抬不起头来,只得安排大弟弟,把小皮匠哄出去。

小皮匠什么也不晓得,出去的时候反倒是高高兴兴的。

大弟弟先是跟他说,不能继续住在家里,要出去寻个屋。小皮匠不解,大弟弟只得说,要娶媳妇,先得要有自己的屋,还要多多苦钱。

"住在别人家里,如何娶媳妇?"大弟弟说,"我跟你去找,帮你一起讲价。"

于是小皮匠像是恍然大悟,立刻高兴起来,拉着大弟弟就要出去找屋子。两个人连帽子也没有戴,只裹了件棉衣,就急慌慌地去了。

到了下午,这两个人还没有回来,父亲着了急,喊表爷爷出去问一声。

表爷爷不肯去,父亲只得派了小弟弟出去打听,瞧这两个人去了哪里,怕是蹲在谁家打牌吃酒去了。

小皮匠从没有吃酒的德行,表爷爷是晓得的,于是心里头也有点慌张起来。等了半日,该吃晚饭了,才听见大弟弟的媳妇在外面尖叫哭号起来。表爷爷赶忙撵出去瞧,只瞧见弟妹抱着还在吃奶的小孩子坐在地上哭,小弟弟讲,说大弟弟跟小皮匠两个人给当兵的捉去了。

"捉去干什么？他们犯了什么法？"表爷爷说。

"没有犯法，是捉兵丁，去打仗了。"小弟弟说。

"打什么仗？又打日本人了？"表爷爷说。

"日本人早就打完了，这回是打匪兵。"小弟弟说。

表爷爷腿软得几乎要站不住，她扶着墙慢慢地蹲下，拼命消化这个消息。

"我家是交了税钱的啊，抓皮匠就算了，怎么连你哥哥也抓？"表爷爷说。

"我不晓得啊！抓了好些人，连街上的瘸子都给抓了去了，我今天是没有出门，不然我也给抓。"小弟弟带着哭腔说。

瘸子都给抓去，那是出了大事情了。想着这事，表爷爷又有力气了，她一把抓过小弟弟的手，又扯起地上的弟妹和小孩子，推着进屋去："回去！回去！莫站在外面，回去等你哥哥的信。"

但大弟弟没有来信，小皮匠也没有。

沧城仍旧风平浪静，偶尔听得外面打仗的消息。表爷爷听人家讲外面打起仗来尸山血海的，心里害怕，回头来过日子竟觉得有些奇怪。照旧是做饭吃，照旧是苦钱，照旧是领娃娃，仿佛这打仗跟沧城毫无关系似的，仿佛这沧城是另外一个世界，莫名其妙就跟大弟弟隔绝了似的。

再想一想，哪里是毫无关系，这战火可是把大弟弟都吃了，可是把小皮匠都吃了。

斋姊妹团是好久见不到一回，听说大家讨生活都不易。有相熟的斋姑娘还了俗，嫁人去了。表爷爷想想，觉得可以原谅，毕竟世道艰难，一个女人家若是娘家靠不住，再不找个男人依靠着，别说是吃斋，怕是命也没有了。有年纪大些的斋姊妹，说以前闹日本人的时候，外头不晓得糟蹋了多少女人，虽然沧城始终如一地没有战火，但打仗的事情谁讲得清，万一哪天战火就烧过来了呢，万一匪兵跟日本人一样呢？

"那就去吊死。"表爷爷和几个坚定的斋姑娘就这么说。吊死这件事，放在平日肯定是不行的，是违背了菩萨的，但若是真的遇上不做人的匪兵，菩萨也不能反对自己吊死的。

大弟弟给捉走，家里少一个劳力，表爷爷就更忙。忙着种地，打糕粑粑，还要忙着领弟弟妹妹，又帮着弟妹领小孩，念经都没得空念了。父亲年纪大，身体已经不好了，总是不停地咳，瞧着这个丫头天天忙得脚不沾地，心里又担心儿子，又心疼丫头，常常一个人坐在那里就淌眼泪。

"你弟弟也不晓得活着没有。"瞧见表爷爷跑进跑出的，父亲就伤心。

"不晓得就好了，不晓得就是活着。"表爷爷说。

"要是把小皮匠留在家里就好了，他们就不给捉去了。"父亲说。

表爷爷心里一酸，又有些气恼，仿佛父亲在责怪她。可是凭什么责怪她呢？她要撵小皮匠走，不也是为了一家人的脸面？

小弟弟和妹妹们也想念哥哥，想念小皮匠。他们的感情来得白，着急起来就哭给表爷爷看："就是你非要把他撵出去！你去把他们找回来！"

表爷爷一时恼怒就说："就是我撵的，我当初就不该救他！"

但一个人的时候，表爷爷自己也伤心，怀疑大弟弟和小皮匠给抓走真是她的罪过。若是真个留下小皮匠，现在是不是就一家齐全，小皮匠也免了受抓兵的灾？若是真的给他做了媳妇，现在是不是就像别个女人，有男人靠着，不必如此苦活？

可是表爷爷就是不想嫁人，就想好好做个斋姑娘，怎么就闯大祸了？

她是瞧着生产时挣扎的母亲长大的。别家的女人如何生养不好说，但自家母亲赤裸着下身，用布把掉出来的内脏包裹起来的模样她永远记得。那个屋子永远弥漫的血气和腥臭，她也不会忘记。

说回近的，即便是如今的弟妹，表爷爷也瞧在眼里。明明是清清爽爽一个姑娘，如今男人不见了，一个人领着两个娃娃一夜夜地哭，娃娃也哭，做母亲的也哭。即便表爷爷心疼她可怜，常常把娃娃抱了跟自己睡，好叫弟妹躲个安宁，那也是眼睛瞧得见的苍白和憔悴。早晓得要吃如此的苦，不如一开始就没有，一个人干干净净的。

也没有得罪谁，也没有吃白饭，也就是想安静活着，可是竟成了害人的罪魁。

表爷爷想到这里，觉得委屈，但她又仿佛没有资格委屈，毕竟那给捉去了的两个人，连帽子都没有戴一顶。如今天气越发冷下去，外头的风雪多么大，表爷爷没有见过，但她心里想出来的风雪，哪里的都不能比。

自从大儿子被捉了兵，父亲以泪洗面，不到一年就起不来床了。表爷爷就这么一个人拖着一家子，把日子过下去。有一天傍晚，父亲把表爷爷和小弟弟喊到床前。

"你这辈子是心定了要做斋姑娘了？"父亲说。

"是。"表爷爷说，"不然呢？"

父亲也不惊奇，说："好，好，不必等年节了，明日就请个先生来，把你名字写上族谱去。"

父亲又伸手指着小弟弟，手指头抖啊抖的："你要顾好你大姐，一辈子不准辜负。"

小弟弟点头，父亲又说："以后若是有条件，一定要给你大姐起个牌坊，才对得起她。"

小弟弟又点头。瞧小儿子点了头，父亲不再说什么，吃了几口水，就死了，没看见女儿的名字写上族谱。

表爷爷心里头木木的，竟不觉得多么悲伤。她满心里都是事情，葬礼如何办，摆酒不摆酒，明日起来要请人写讣闻，还要去磕头。还有，明日还有一家糕粑粑要送，如今看来送不成了，要怎么整。

第二日天还未亮，呆坐一夜的表爷爷已经全然忘记要把名字写上族谱的事情。一屋的小孩子都还在睡觉，她让小弟弟做饭给大家吃，自己去找斋姊妹团，帮着一起办父亲的丧事。才走到巷子口，遇着两个过路的人，喜气洋洋的。

"现在是几时了？"表爷爷也不认识人家，张口就问。她向来靠天上的星子辨时间，但今日她抬不起头来。

"解放了！"过路人说。

"解放是几时？"表爷爷说。

"就是此时啊，就是今日，解放了！"过路人说。

在后来漫长而平稳的岁月里，表爷爷对许多人说："世道难说，说不定什么时候就不平稳了，倒霉的人可能有好运，有好运的人也可能要倒霉。趁着时间，行善积德要紧。"

有人嘻嘻地笑，说我自私呢，行不了那多善事。

表爷爷就说："哪个不自私呢，越发自私，越发要行善，行善积功德都是图自己，免得世道一变就倒霉。"

要单说倒霉，表爷爷真个不算倒霉的那一个。解放以后，就凭着家人给国民党抓壮丁这一条，表爷爷就是确定无疑的受害者,是该被照料的。她家的地原本就少,糊口要靠租种别家的地,现如今政府不仅有自留地给她分,还有许多的活计给她做,再加上弟弟妹妹长大起来,日子就比以前好过。

表爷爷并不晓得世上在发生着什么,只觉得眼里耳里都是新的了。走在街上,有人往墙上写字画画,好看得很,只是表爷爷也不认得字,并不晓得写的是什么。晚上有人在晒场开大会,喊大家都去听,讲的话,唱的歌,都听着很好,很热闹,只是表爷爷也没有文化,并不大听得明白要做什么。去卖糕粑粑,去买东西,人家喊她是"同志",把表爷爷逗得好笑得很。这个称呼倒是很好,也不晓得是男的,也不晓得是女的,反正一律都是"同志"。以往,别个喊表爷爷作"大姐",如今有了侄子辈,就喊她作"大爹",这是个尊敬的喊法,只是表爷爷也觉得别扭,倒是不如都喊"同志"了,表爷爷很喜欢这个称呼,像是所有人都一样了似的,男人也好,女人也好,斋姑娘也好,都是有着同样的志气。

只是有两件事情难得敷衍。一件是大弟弟媳妇着实不好。这个女人失去丈夫的时候,大儿才会讲话,小儿尚在襁褓，突然之间失去了依靠，就仿佛骨髓都给抽干了。即便如今进入新社会了，她一天也只晓得淌眼泪。表爷爷尽心尽力帮她领好娃娃，好叫她有所休憩，她却像脑子发瘟了一般变得不通情理。表爷爷把娃娃领走，她过一阵就慌张起来，四处找寻，像是怕娃娃不见了。她自己领着娃娃，却又疲倦怠懒，有时候娃娃哭几声，她倒像是招惹了她了，又骂又打的，把表爷爷气得喘气，却又心疼，不舍得教训她。

第二件事，是总有人来劝她还俗成家。斋姊妹团许久不见一回，如今倒是三五天就开会，有政府的干部来劝说，说妇女能顶半边天，如今到了新社会，不要为了旧时代的封建思想牺牲一辈子，要追求幸福，成家立业。斋姊妹团本就人少了些，大多又年纪大了实在也成不了家，表爷爷这样年纪还算轻的，就成日里给堵着开会。

"你苦死苦活，领大你弟弟的娃娃又如何？"劝她的干部说，"也不是你生的小孩。"

表爷爷嘴里说着都是一家，都是骨肉，心里头想着："是自己生的又如何，我一早生娃娃生死了，娃娃与别家姓，与别家亲，又与我何干？"

表爷爷只是不动心，说家里弟弟妹妹还小，又有个寡妇带着娃娃，实在是要人帮衬。干部眼看劝不动，又不能强按她去成亲，只得算了，骂她一脑子封建思想，自己不把自己当个人看，只当成三从四德的奴隶了。

这也没有什么。表爷爷不大在意别个怎么讲，甚至隐隐有些庆幸，未被发觉她心里头藏着的私心。平心而论，表爷爷就是胆子小，不敢叫母亲过的日子往自己身上再过一遍，不敢叫弟妹过的日子往身上再过一遍。说她三从四德，分明是好事，即便如今别个说起这个词来都面带鄙夷，那也比说她自私自利的要好。

小孩子们长大了，新的小孩子又生出来。日子像个日子，家也像个家。即便有那么几年日子难过，家里小孩子嘴旺，份例的粮食吃完了，表爷爷就去预支，去借。借不到了，还可以打野菜，打瓜果。毕竟沧城土地出产好，饿不死人，日子平静安稳，也无甚可抱怨的。小皮匠送她的那双皮靴子，她一日也不曾穿过，如今翻出来还是新崭崭的，也去换了吃食。有的小孩子去读书，有的小孩子去跳舞，有的读了两年就去跳舞，有的跳了几年又回去读书，免不了操心得很。表爷爷瞧着身边的女人，都是一脚踏入凡尘，就免不了风风雨雨。表爷爷觉得还是一个人好，守着娘家的一个屋，一群人，清清净净。

她有时候也会讲起自己的大弟弟，给已经长大懂事的侄儿们听，说他们的父亲是多么敦厚诚恳的一个人，不幸死掉，都赖万恶的旧社会。她有时候也回忆起小皮匠，想那是多么能干可怜的一个小孩子，如今不晓得在哪里。

表爷爷自己也说不清为什么，年纪越大，对于人活一趟到底为了什么，就越有了然于胸的自信。好像一点犹疑也没有，就相信人活一趟不过是一场等待，就像等着鸡叫，等着天亮。父亲也好，大弟弟也好，小皮匠也好，都是偶然遇到，大家彼此帮帮忙。有的缘分长些，有的缘分短些，那都不甚要紧。毕竟人家命定的事做完了，要走，你如何能拦？自己的事情没有做完，那就继续做，反正来都来了，也就来这一趟。

若不是遇着仙婆子，大概表爷爷就这么把岁月混下去，心甘情愿，甘之如饴。所以当她遇着被蛇咬了的仙婆子，听她张口讲那莫名其妙的疯话，表爷爷很是吓了一跳的。

在后来两个人持续了几十年的交情里，表爷爷觉得仙婆子是相当难讲的一个人。你晓得她是个逃了命回来的伢子，要可怜她吧，她张嘴就开始讲土匪在铺里作弄女人的事情，把表爷爷听得捂耳朵。你要骂她不知羞吧，她说她是被强奸被虐待，叫你骂不出来。你听她讲那些封建迷信的鬼话，要骂她胡说八道，她倒是斜个眼睛，讲出话来吓得死人，叫你不信也不行。

"哎呀，乱七八糟的话，不要随便讲，有忌讳啊。"表爷爷说。

"我还忌讳？你一个斋姑娘，还不是跟一只鬼谈情说爱。"仙婆子说，"人家尾着你一步都不离啊！"

表爷爷最怕仙婆子讲这事。她并不讶异小皮匠如今已是"一只鬼"，毕竟这多年了，她心里也有数。但她莫名其妙，这个小皮匠变成"一只鬼"了，还要来跟着自己，这是要做什么了？

仙婆子缠着表爷爷，讲小皮匠，表爷爷就半捂着耳朵。

"他说他没得人念，只有你念他咧！"仙婆子说。

"哪个念他！你莫乱说！"表爷爷说。

"他说你两个讲好的，一起死啊，你怎么不死？讲话啊！"仙婆子说。

"哪里有这事情，倒反天罡！"表爷爷说。

"他说你一直在等他，所以他也等你哦。啧，看不出来，你还怪有本事！"仙婆子说。

表爷爷被她烦得摇脑壳，喊她去别处骗人，自己不信这鬼话。仙婆子说："他长得怪好看，你是不是为了他才做的斋姑娘？"

表爷爷觉得任凭仙婆子如此说下去，就没完没了，于是憋一口气，故作夸张："我是为了你这个老变婆！我心里头爱你哦！"

可是当仙婆子一段时日不说了，表爷爷又心里头好奇，又要找个借口去跟仙婆子讲话，讲着讲着就问："你瞧见的当真是我家那个小皮匠？他尾着我要做什么？"

"不做什么，你晒太阳他就晒太阳，你做什么他就瞧着。"仙婆子说。

"我做什么他都瞧着啊？"表爷爷说，脸膛子轰就红了。

"我不晓得他有没有偷看，他是个什么德行，只有你才晓得。"仙婆子哈哈大笑。

"不信你的鬼话。"表爷爷听了只觉得胸闷气短，羞得要命，赶忙回家去。

晚上睡觉到半夜，突然在梦里想起有人瞧着，表爷爷慌得吓醒了。就小皮匠那个胆大包天的德行，半夜里敢闯斋姑娘的屋，如今偷看怕也是做得出来。虽然不是叫人看了，但自己毕竟是个斋姑娘，叫鬼看了也不行啊，菩萨都晓得呢。

表爷爷只得坐起来念经，念却也念不清楚。她只得安慰自己："小皮匠虽说不懂事不懂礼，但人是乖的，心是好的。"她对着黑沉沉的虚空，小声说："你以后莫望着阿姐，阿姐是斋姑娘，阿姐害羞。"

讲是讲了，又不晓得小皮匠听没听见。表爷爷突然想起来什么，便起来点了灯，翻箱倒柜的，翻出那衣箱底下的花燕子。先前舍不得给小孩子玩，后来就忘记了它在这里。如今倒是好，瞧见花燕子就像确认了小皮匠的所在。

"你好好地在这里，莫望着阿姐。"表爷爷把花燕子放回衣箱里去，她觉得小皮匠应当是听见了，应当是会听话。关上衣箱，表爷爷感觉像是把小皮匠一起关在里面，瞧不着她了，于是舒了一口气，有些怨恨："你待阿姐好,阿姐晓得,可是阿姐心头愿意一个人活,你是一点也不晓得的。"

她还有些怕,怕小皮匠真个如此等下去,耽误了他自己的时辰。万一哪天自己也下去了,见着小皮匠,怎么跟他讲?说你白等一场?表爷爷有些心软,又觉得非如此不可,实在是没有办法。那小皮匠心里头恨,怎么办?

想来想去,表爷爷只能想,到时候就跟小皮匠说,阿姐从来没叫你等着,阿姐只当你是小孩。他爱如何就如何,要恨也是随他。可是表爷爷又想,身边来来去去了那么多的小孩,都与自己有着相同的血脉,也都离她而去。唯一留在她身边不会走的小孩,竟是小皮匠,是她曾经要撵出去的,与她没有血脉联系的小皮匠呢。

日子如此过了好几年,有一回表爷爷从街上回来,若有所思,找了仙婆子,跟她讲:"我弟弟跟小皮匠,确实是死了。"

仙婆子一面洗衣裳,一面头也不抬:"我难道不晓得?"

"你听我讲。"表爷爷说,"有个人以往也是国民党反动派,后来起义的。我问他当时抓出去的壮丁怎么样,他说,去得早的做了官,可能窝藏在台湾了。去得晚的,若是没有起义,没有回来,那就是给镇压了,没有了。"

仙婆子说:"我会晓不得?一早就给你说了。"

"我就问他,解放头一年才被抓了去的呢,他说那肯定是没有了。"表爷爷仍旧自顾自讲话。仙婆子不理她,把一盆水往地上哗啦一泼,差点泼在表爷爷鞋子上。表爷爷跳着脚躲避,嘴里仍然是讲。

"我就问他,你怎么回来的呀。他说,他们当时一个部队都起义。我跟你讲,做人就是要识时务,分辨好赖。还有,他们家行善积德,当年他爷爷,他爹娘都是好人,修下福德了。"

仙婆子放下打水的桶子,在衣摆上擦手。

表爷爷说:"我家就是穷,我爹又不晓得事,不懂得一早行善,现在弟弟才回不来。"

仙婆子掐了腰,说:"我先前跟你讲那多,你是一句没有信吗?人要遇到些什么都是天意,天意不分好赖,跟行善有什么相干。"

表爷爷说:"不是不信你,是今日这个人也去过打仗,我想着我弟弟,心里头难过。"

"那是个什么东西了?他晓得的比我多?"仙婆

子说。

"你不认得他,他去劳改的时候你还在打鹰山。"表爷爷说,"是西街陈家的子弟,名字喊个陈敬先。"

仙婆子听得这个名字,先是没有反应,只觉得有些耳熟。后来想起这人,倒是猛地一个趔趄,像是有人对着耳朵大吼一声似的,像是心果子给人捶了一拳似的。

"陈敬先?"仙婆子愣了半日,觉得嘴皮子麻了。表爷爷还在讲什么,只是听不见。

"你认得他?话讲来他是命苦,以往也是好人家子弟,如今在劳改队做生产员,比我们还不如的。"表爷爷说。

"为什么劳改?"仙婆子问,"他还在沧城?"

"他怎么不劳改?"表爷爷说,"给你讲了的嘛,他是国民党反动派。"

表爷爷觉得有些奇怪,看这个平日里什么都晓得,什么都不怕,天上地下就她最神通的仙婆子,忽就变了脸色,痴痴地不晓得想些什么。

"喂,老变婆。"表爷爷说。看仙婆子不搭腔,又喊:"怎么了,水仙?"

仙婆子定一定神,像是要说什么,但还是什么也没有说。她又回身去打水，仍旧洗起衣裳来。表爷爷瞧她古怪，也蹲下一起帮着洗。两个人拿油皂果泡了水搓，搓出稀稀疏疏的泡。表爷爷洗净两件衣裳，瞧见仙婆子还在搓着那一件，眼睛里空落落的。

"莫搓了，干净了。"表爷爷说。

"再搓就搓烂了，造孽。"表爷爷说。

仙婆子仍旧不搭腔，还是痴了一样地搓洗。待表爷爷从她手里抢了衣裳出来，才瞧见衣裳上有血丝，仙婆子的手都磨破了。

表爷爷喊叫起来："水仙，你怎么了？"她抓起仙婆子的手，瞧见那手指头给水泡得白皱了，皮子脱了一层。

"这个油皂果不好用，你搞点猪胰子给我。"仙婆子说。

"这阵子我哪里去给你搞猪胰子，你怕是发瘟了。"表爷爷说。

仙婆子听了，又低头洗衣裳。表爷爷赶忙拉了她起来："老祖公，你莫闹了，我给你洗。"

仙婆子说："你搞点猪胰子。"

表爷爷说："是了老祖公，你坐着去，莫说猪胰子，洋胰子我也给你找。"

表爷爷瞧着水仙，一点不像往日里鬼精鬼怪的模样，反倒是木瞪瞪的。泡在盆里的手也不见得是她的手了，倒像个水碓，一下一下机械地杵着。表爷爷慌得很，水仙倒不晓得自己在想什么了。她木瞪瞪地瞧着手里搓出的泡沫，一千个泡，就是一千个心结，就是一千轮明月，就是一千片花瓣。更多的，是打鹰山上千千万万个月光罩着的夜晚。

过了半日，水仙觉出表爷爷在摇晃她的肩膀，听见表爷爷说："水仙，你怎么了？我说那劳改犯，你慌什么？"

水仙愣一愣神，仍是低头洗衣裳，说："我慌什么，鬼晓得他是谁。"

表爷爷若有所思："是一个劳改犯，一个女赶马的男人。"

女赶马

沧城的秋天最好,四围乡坝的稻田都黄了,金灿灿,亮闪闪的,像晚霞落在了地上。清早的时候寻一个山头爬上去看,大片金黄的田野,比天更空旷。雾气升起来,山与田地相连的地方都被罩了纱,就跟做梦一般。房屋都是青瓦白墙,这里一堆,那里一堆,堆在田野里,像白云堆在晚霞的幕布上。沧城坐在幕布中间,方方正正,四条大路整齐地伸展开,沧城规矩得像一张棋盘。踏脚河穿城而过,像楚河汉界,清清爽爽。

秋天里,沧城的老先生就写诗了。别个念不通,他们就说这是赞美丰收，赞美沧城是滇西北粮仓。种地的人也高兴，收谷子打谷子要开始了，累是累，忙是忙，但瞧着大捆的谷子收起来，心里很喜欢。小孩子更高兴，水田里养的鲫鱼肥了，都是吃虫子和稻谷长肥的，肚皮也泛着黄黄的光。

平日里，水田是禁止小孩子靠近的地方，都怕小孩落下去，扑一身泥浆不说，还毁了庄稼，此时却是全然开放了。小孩子穿个衬裤，或是什么也不穿，下田里去摸鱼。水底泥浆黏稠厚重又冰冷，一踩就陷下去，仿佛要沉没似的，但小孩子也不怕，连滚带爬地。鲫鱼灵活，但田里行道逼仄，水又放走了许多，鲫鱼也只能连滚带爬在那浅水里滚，滚得慢的就被小孩子捉了去，滚得快的，被几个小孩子包围了，也要捉去的。

捉了的鲫鱼，一筐一筐金光闪闪地送到生产队，又分到各家各户。日子艰难，这鲫鱼算家养也得，算野生也得，反正是许久不得见的荤腥。有小孩子等不得大人煮饭，就刮洗烧烤着吃起来，吃得嘴脸黢黑，心满意足。

麻拐和青蛙也在田里呱呱地叫。它们叫嚷了一整个夏天了，晓得能叫的日子不多，趁着这沸反盈天，更是要努力地叫嚷。

秋天连劳改队都是高兴的。劳改队有犯人刑期满了,就转为生产员留在劳改队的农场。秋日农忙,生产员就有假期回家去住上半个月,等回队的时候,总是带了家里吃食的。于是整个农场都打起牙祭,这个也分得一口,那个也分得一口。

陈敬先不懂农事,无甚可忙,放假纯粹就是休息。如今他住在沧城西边的高家坝,秋天踏脚河水浅,他就领着两个女儿,陈团结和陈前进,往观音箐去,找踏脚河的源头。他怕遇着往日的熟人,不肯直穿沧城,而是沿着城外的山脚走。林子密密匝匝,鸟叫显得很悠远,阳光落下来也是星星点点的,没有热气。溪水潺潺地从山石缝里往外淌,溪里尽是青黑色的卵石。陈敬先领着两个丫头挑着精致的拣回去,磨了刻章。

陈敬先劳改的农场在金沙江边上,距离沧城近百里地。金沙江此时也到了枯水期,夏天浩大的土黄色江水逐渐变蓝变瘦,要一直延续到来年春雨时节。在农场的时候,陈敬先也去江边拣卵石,只是那卵石质地粗糙,单单是磨平都十分不易,刻章更是不得,一下刀就崩得面目全非。如今回到沧城,观音箐有质地细密的石头可拣,陈敬先就拣个不歇,父女三个常常一拣便去了半日。

其实刻章也没有用处,大多数刻了就给两个丫头去玩罢了,偶有刻得满意的,陈敬先才留下来。如今就算有人前来求字,也不过是要写讣闻,记礼账,实在用不上他盖章。陈敬先有时候心里不甘,替人写了喜联,就悄悄拣个角落,盖一个红印,再怎么仔细瞧,也瞧不出来。

拣了一背篼石头,陈敬先和两个丫头回家去。两个丫头是双胞胎,长得几乎一模一样的瘦骨嶙峋,头上梳了一模一样的两条辫子,走在前面追追打打,在山石间蹦跳,把辫子甩得像是飞起来了。陈敬先背着沉重的背篼,紧撑不上,怕两个丫头跌绊,只得大喊:"老大!老二!"

他尽力地喊了,只是声音不十分大,两个丫头自是不听。陈敬先便站定了,猛吸一口气,大喊:"陈团结!陈前进!"

不到万不得已,陈敬先不喊两个丫头的大名。倒不是如此显得生疏,而是他着实不爱这两个名字。记得当初两个女儿出生的时候,他拿出一张纸给他媳妇金凤去选,得意扬扬地,纸上写了他冥思苦想的名字。

金凤不识字,他就念给金凤听。先念了"静之"和"逸之",金凤听不明白,陈敬先解释半天,金凤倒是笑了:"什么意思我不晓得,我听着像'一只',是一只猪了。"

陈敬先十分扫兴,又思索许久,最后想出"晴耕"和"雨读",说是寄托他的志向。不想金凤听了讲:"什么志向了,如今我们家只要好生过活,莫招惹麻烦。"

陈敬先说晴耕雨读就是好生过活,好生过活正是他的志向,金凤仍是不依。最后金凤自作主张,给孩子起名团结和前进,旁人都讲好,说比陈敬先想的名字更进步。

事情就这么定下来,陈敬先不说什么,只是自己平日里是不叫的。待丫头大些懂事了,陈敬先有一回从农场回来,喊了她们说起个表字,两个丫头也不十分愿意。

"女孩子家家,团结团结、前进前进的,总是不够文雅。"陈敬先说。

"爸爸,如今你那套过时,女孩子怎么了,妇女能顶半边天。"团结说。

"不必改名,只是另起个表字,以往古人都有表字。"陈敬先说。

"古人还要裹脚呢,这都是封建糟粕。"前进说。

此事便这么罢了。

陈敬先回来，金凤是很高兴的，虽然正是活路多的时候，但她宁可得罪人，也要放弃一些活路，回家来守着陈敬先和两个女儿。只是夫妻两个别离久了，没有什么话讲，客人似的。

金凤就找话来讲："我存了一块火腿，晚上蒸了你吃？"

陈敬先磨他的石头，也不搭腔。金凤再问，陈敬先就点一点头。

金凤不甘心，说："你在队上伙食不好，给你补一补。"

陈敬先仍旧不抬头，只磨他的石头。

金凤说："不过如今家里伙食也没有多好，怕是你在队上还要好些。"

"我听讲你们队上待你们这价读过书的人是很好的，是不是了？"金凤问。

"你们读书人的命就是好，去哪里都得尊重的，也不做重活。"金凤说。

"你们队上三日得吃一顿肉是不是？"金凤问。

陈敬先停下手里的活："你听哪个讲的胡说八道了。"

"我听见是这么讲的,说你们做出的东西好得很,国家给奖励,你们吃得很好……"

金凤没有讲完,陈敬先就打断了她:"胡说八道,少学人乱讲。"

陈敬先照样磨他的石头。

傍晚,团结和前进两个在晒场跟一群娃娃跳舞,唱歌唱得震天动地的,天黑也不回来。金凤先是出去喊,实在喊不听,便拿了竹条子出去作势要打,仍然是不听。

金凤腿短,撵是撵不上的,气得金凤乱骂,倒叫围观的旁人责备起来,说金凤不支持女儿学习进步。好不容易两个丫头雄赳赳气昂昂地回来了,金凤叫她们洗脚睡觉,她两个倒是在院坝里演起戏来,团结当李铁梅,前进当李玉和。过一阵换过来,团结当李玉和,前进当李铁梅。

闹到夜深,两个丫头脚也不洗,就这么睡了。金凤听得内外安静下来,只听见旁边牛棚里的牛时不时哞一声,便放下针线,洗了脚,又用毛巾擦洗了身子,爬到铺上,瞧见陈敬先已经睡了,听见他发出轻微的鼾声来。

"敬先。"金凤钻进被窝,身子紧紧贴着陈敬先。

陈敬先不作声，仍是睡着。

金凤伸手过去，抚摸陈敬先的脸，另一个手探进陈敬先的背心，摸到他的肚子，又摸上他一根根突出的肋骨。陈敬先仍旧不动，还不耐烦地叹一口气。

"敬先。"金凤也不晓得该说什么，想了一想，她抓起陈敬先的手，放在自己干瘪的胸脯上。陈敬先猛地一震，接着手上一挣，背转身去，把被窝扯出一个空当。风灌进来，把光着的金凤冷得汗毛一竖。

"累了，明日吧。"陈敬先说。

陈敬先和金凤的婚事，在沧城人眼里看来没有什么特别，跟每一家都一样，吵吵闹闹的，反正也能过几十年。只有金凤自己跟别个讲起来，总是骂骂咧咧，说是孽债。

其实良缘也好，孽债也罢，总之是她自己求来的，好坏赖不得别个。

陈敬先家老祖公原本是外乡人，为了修铁路来的沧城，做个小官。只是到陈敬先父亲这一代，官已经没的做，一家人靠着祖宗田产过活，田产一年比一年少，官宦人家的架子仍旧不肯丢。陈敬先很小就听讲，说他的母亲和奶奶有一回去收租，正逢上灾年，两个女人瞧佃户家家难过，一路摘下自己的钗环，叫佃户拿去应急。到后来两个人都没有能摘的首饰了，竟把多穿的衣裳裤裙也脱下来，给佃户的女人。

"修身，齐家，治国，平天下。"陈家老爷这么跟陈敬先解释，"别的先不讲，读书人家要修身，要懂诗书，识礼仪。自己活得下去，就莫为难别个，你妈妈和你奶奶做得好，没有丢陈家的脸。"

等陈敬先大了，读旧书看着是越发没有用处，想上新学，又没有什么门路。陈家老爷托人卖掉几张祖传的古画，又托人给他在省城军队里找了个文书的事做，倒是轻省，只是时局动荡，前途也是难说。好在陈敬先所在的部队头子算是有点眼光，没过几年就起了义，保住了一伙兄弟的命。回到沧城，陈敬先跟着马帮走过两趟，走得皮开肉绽，实在吃不得那个苦，也琢磨不了生意的人情世故，走完两趟也就罢了。

只是等陈敬先回家不过两年，家里田产也没有了。陈家本就人丁单薄，老人又一个接一个离世。家里原本还有些金石字画，为了丧礼一样紧一样地卖了。陈敬先倒是也有点冲闯,开了个文书铺子。沧城虽然读书人家不少,但像他一样笔墨功夫好的也不多,陈敬先给人家写标语,画墙画,画戏班子的背景幕布,画广告牌子。极小的事情他也做,写讣闻喜联,写家书,竟也活得不赖。

苦了些钱,陈敬先干脆找了两个人合伙,三人一起买了个照相机,开起照相馆来。沧城从没有照相馆,这便是第一个了,乡下人虽然没有什么钱,也愿意攒上一笔,来望这西洋镜。照相馆的背景都是陈敬先自己画的,有亭台楼阁,也有嫦娥奔月。其实照片洗出来都是黑白的,但陈敬先非要画得五颜六色的。一伙乡下的泥脚杆哪里见过这等美景,都要啧啧称奇,站在那嫦娥跟前个个都像被捆扎了手脚,倒是被那美嫦娥衬得像一群土鸡了。陈敬先喊他们做个笑脸,那是死也做不出来,个个都瞪圆了眼睛。

洗出来的照片难看得很,陈敬先就自己给相片染色,倒是把这些泥脚杆染得个个明眸皓齿,粉白红润的,比本人漂亮一百倍了。

这么一折腾,陈敬先便混到了三十岁。原本想着苦了钱好娶妻,没有想到沧城渐渐又有话讲起来,说陈敬先做过反动派，家里又是地主，不能托靠。陈敬先也问了几个媒人，有的杳无音信，有的寻了一久，说他成分不好，愿嫁的姑娘只是没有。

金凤就是这时候主动寻上门的。

金凤的爹，就是曾经带着陈敬先走马帮的马锅头。金凤原本也有两个兄弟，一个走马帮在西边遇上战火死了，另一个往南边去，就这么出了国，从此杳无音信，金凤便成了独女。身在马帮家，金凤从小听家里人讲一句话："好马不驮空背篓，好女不找马锅头，好马好骡金不换，穷家穷路赶马人。"

金凤的爹是一个走马帮几十年的老马锅头了，瞧过的小伙儿没有一万也有八千。平日里他最是吹嘘自己赶马人的身份，说这世上的好汉，过去排名次，第一是上战场的，第二就是走马帮的。到了后来，第一第二也不分了，走马帮不比上战场好混，都是铁打出的汉子。何况他们上战场的物资周转，不也得靠着马帮给他们驮吗。

"没有我们马帮，他们打得动谁？"金凤爹说。

金凤爹是一个运气很好的赶马人，最初赶马的时候，他跟着别的马锅头运送的是千百年来的老几样——茶叶、皮毛、药材，搭着些沧城的粉丝啊，红糖啊，粮食啊，那都是短途的货。

沧城这个地方，像一汪山峦之间的深潭，四面的水都往里流淌。东南西北的马帮都往这里来，东西南北的赶马人都讲不同的话。走到沧城，北地来的马帮嫌热，南边来的马帮嫌冷，而且大家都讲不通话了。于是大部分马帮就此停住，把货就地卖掉，重新买了新的，扭头回去了。金凤爹脑子灵活，做了这多年马帮，哪里的话都会讲，样样话都讲得来，他的货敢往北边走，也敢往南边走。而那些不敢走的马帮，就送给金凤爹算不清的好活路。

后来等金凤爹自己当了马锅头，更赶上了马帮的好时候。茶叶算得油水好的，但还有油水更好的鸦片和军火。运这些东西，是把命挂在马铃子上，一路有的是虎视眈眈的盗匪。但金凤爹胆子大，力气大，偏还心细如发，遇到过好几台子祸事，虽说也留下几处伤，还瘸了一条腿，但把命是抢了下来。他不仅没死，还带出一支又忠心又能干的马帮，苦了好些钱，在沧城起了大宅院。

"高崖万丈深，拦不住虎胆熊心赶马人。江河百里阔，吓不退走南闯北赶马哥。"金凤爹这么说。在沧城，他是出了名的讲义气，只消听说哪个赶马人遇着难事，他即便是贴上自家也要帮人家一把。哪个家里有好后生想跟着走马帮，他只要瞧着人家诚恳，也就义不容辞一般，要带人家上路的。即便后生吃不得苦，走不下去，他也说敢走一趟就是好汉，不会瞧不起人家。

至于坑骗嫖赌、打砸斗殴之类赶马人常见的毛病，金凤爹自然也有，那些不必提。

不过到了自家姑娘的婚事，金凤爹倒像是转了性了。此时他年纪大了，被腿伤日日折磨，早就回家养闲。大概是没有了马锅头的身份，金凤爹就说不找赶马的，赶马的找不得。

金凤问她爹，你自己就是马锅头，你如今说赶马的找不得？

金凤爹说："三十晚上吃喜酒，大年初一就出门。好女嫁了赶马人，独生独死无人疼。"

金凤说："你不是说赶马人是铁打的好汉。"

金凤爹说："铁汉遇路女，不记自家门！赶马的在外头做些什么你晓得？"

金凤说："爸爸你在外头做什么？"

金凤爹就嘿嘿地笑。

其实倒是不必金凤爹反对，金凤自己也不愿找赶马人。以往找马帮，不过是图男人能苦钱，现如今终于太平了，赶马人也都回来搞生产，仅有的那几支马帮属于农场和生产队，驮什么也苦不出富贵。再说金凤自小瞧着马帮长大，赶马人如何生活她瞧得明明白白。要做铁汉不容易，大概是铁人怕生锈，于是洗不得澡，反正金凤觉得赶马的人都臭得要命，她自己的爹也臭得要命。屋子里进来一个赶马人，半日都是马汗臭味散不尽。

再说了，从小眼见着那么多小伙跟着自家爹来来去去，有的去时好好的，回来就成了独腿的残疾。有的白生生一个嫩小伙，走几趟马帮面皮黑红了不说，讲话也难听起来，做事也奸猾起来，倒好像不是去苦钱，是去专门学坏一般。再有的，去的时候活生生讲着话，回来时就是一坛子灰了。

金凤心里有个影，来自她见过几回的陈敬先。那时候她年纪还小，瞧见马帮里来了个白皮白面的俊小伙。

小伙一身崭新的行头，连裹腿布也是新崭崭的，一瞧就晓得是第一回走马帮才买的家什。瞧见金凤，他低下头不看，只清清淡淡地笑，一点也没有赶马人的轻浮风流。金凤爹教小伙打行李，那行李里竟有几本书，金凤爹嘲讽地把书丢开一边，小伙还恋恋不舍似的。

临出发，金凤爹穿着羊皮褂，腰里插着皮鞭和打锣的锤，声如洪钟地对着一伙赶马人喊话。这些话金凤也听得许多遍了，不过就是要如何打起精神，如何小心行路，如何严守规矩。金凤爹交代了又交代，说此行再不许偷偷喝酒，赶马好比打仗，打仗喝酒，那是不要命了。谁要喝酒，先想想自己有几个脑壳。

金凤爹讲到第三遍，那白面小伙轻声说："醉卧沙场君莫笑，古来征战几人回。"

明明是顶嘴的话，却把大家都说笑了。赶马人不懂意思，只觉得这小伙可笑得很。金凤也不懂意思，偷偷问她爹。

"他们读书人，是这样的。"金凤爹说，"你管他呢。"

金凤不管，金凤只是觉得念得实在好听，比她爹的顺口溜好听。

后来金凤晓得，这小伙名叫陈敬先，是父亲朋友家的子弟，世代读书的人家。金凤想着，读书人果真是不同，长得也好看，看着也不臭，金凤暗暗替他担怕，怕回不来，也怕回来却搞坏了。后来听讲陈敬先又不走马帮了，父亲叹息说毕竟是读书人家出身，吃不了苦，而金凤却暗自高兴，想着如此的人，本就不该在马帮里给糟蹋的。

如今已是新社会，政府号召说终身大事要自己做主。再说马帮男人都在外苦，家里都是女人当，也就不当金凤是个娇女看待。说到婚事，金凤爹跟金凤商量。

赶马人找不得，那就找个手艺人。金凤爹说："大旱三年饿不死手艺人！"

金凤摇头，说手艺人走南闯北，跟找马帮的一样。

金凤爹说："找个开店的，开饭店酒店的跟我们最好，知根知底，随便问随便有。"

金凤摇头，说如今新社会了，往后开店的如何也难说。

金凤爹说："别的行当你爹我也不认识。"

金凤说："有没有读书人？"

金凤爹笑起来，说自己走南闯北，这世上一半人都见过，偏就不认识读书人。笑了一阵，仿佛想起什么似的，摸着下巴。

"说来读书人是好，毛病少，稳稳当当。"金凤爹说。

"你不是说不认识读书人。"金凤说。

"也有认识，还真合适，爸爸想起来一个人，说来你也见过，怕是不记得了，喊个陈敬先。"金凤爹说。

"不记得。"金凤说，心里已经笑开了。

"但他怕是不行吧。"金凤爹摸着下巴想了一想又说，"别个说他做过反动派，迟早要倒霉。"

"哪个能一辈子不倒霉？"金凤说。

"那也是的，你爹也倒过霉，过来了就是了。"金凤爹说，"读书人都是先生，能倒多大的霉？"

不过几日，金凤爹的媒人就找上了陈敬先的门。陈敬先的婚事在沧城媒人里头已经传开，晓得不好办，如今有姑娘家自愿，那是再好不过了。陈敬先的父亲先是高兴，后来听说是那金马锅的丫头，却犹犹豫豫的。

"赶马叔叔不是与你有交情？"陈敬先问。

"是有交情，但攀亲是另一回事，赶马的都是商人，商人重利轻别离。"陈敬先父亲说。

"我见过他家宅子很大。"陈敬先说。

"我们是读书人家，不讲宅子大，只讲耕读传家。"陈敬先父亲说。

事情先给搁起来，陈敬先父亲也不同意，也不拒绝，单等着瞧还有没有别家可选。媒人来了几回，从秋天等到冬天，是沧城人办婚礼的时候了，仍旧没有个答复。金凤爹来瞧，陈敬先父亲也不肯见，只推说身子不好，要等一阵才做得回答。这一等就把金凤爹等死了，他心里大概晓得读书人家矜持，瞧自家瞧不上，又抵不过丫头非要找个读书人，只得爬上他那大宅的阁楼，去搬一条存了好几年的火腿，打算给陈家送去做个礼，想着好歹见了面，就好讲话。没想到腿伤又发，在梯子上没有站稳，滚了下来，当场就跌死了。

做主的人没有了，陈敬先心里头气馁得很，好不容易有女子家愿嫁，如今怕是又没有下文。问他父亲，父亲只是不吭声。父子两个参加了马锅头的葬礼，想帮点忙，又给冷风吹得缩手缩脚，只得愣站着，都不晓得要怎么办。

陈敬先万万没有想到，马帮家的千金哪里比读书人家的小姐，胆子大得很，规矩是一点也没有。又过了一阵，一晚有人咚咚敲门。

开了门，门外站着个小女子，穿着一件裁剪得紧紧的蓝布衣裳，矮矮胖胖，脸面被冷风吹得红粉粉的。

"你找哪个？"陈敬先问。

"我找陈大爹。"小女子瞪着眼，下巴抬得高高的，不瞧陈敬先，"你是陈敬先？我找你爹。"

陈敬先把小女子领进门去，觉得有些面熟，想了半天，想起这是马锅头丧礼上摔瓦盆的千金，不由得脸上一热，不晓得她要做什么。这小女子昂首挺胸地跟着陈敬先走，像是打了胜仗似的，等见着陈敬先父亲却突然变了个人，猛地往地上一跪，膝盖咚的一声，把个老头子吓得手脚乱抖，赶忙扶她起来。

"陈大爹，我是金马锅的丫头，我喊个金凤。"金凤哇哇号哭起来。

"好好，丫头，怎么了这是？"陈敬先和父亲都手足无措了。金凤紧紧揪着陈敬先父亲的棉衣袖子，连带着还扯住一点皮肉，老头又疼，又不敢讲。

"我爸爸说，他死了叫我来找大爹。"金凤仍旧是哭。

"叫你找我？"陈敬先父亲困惑极了，虽说跟马锅头有些交情，但哪里就到托孤的程度了？他在脑壳里把读过的书都过了一遍，也不曾记得有这样的事。

"我爸爸说了，我往后要靠陈大爹照应，陈大爹是读书人，最讲义气，不会不管的。"金凤讲着，又要往地上跪。

陈敬先父亲扶又扶不起，拖又拖不住，膝盖跟着金凤往下磕，几乎像是在扭打一般。陈敬先张着嘴巴瞧得稀奇，一时竟忘了扶。

"要管要管，大爹照应你，丫头你起来。"陈敬先父亲一团乱麻，只得先哄了再讲。

"我家有饭吃，大爹你莫怕，但是我一个丫头，又没有兄弟照应，不晓得以后怎么办。"金凤说。

"是了是了，可怜你了，你家里头还好不好？"陈敬先父亲满头大汗。

金凤却不接他的话："我想着陈大爹多年没有见过我，我哪里就好意思找你。可是我爸爸说，你是读书人，最明事理，我不懂得的事情，就该问陈大爹。我家是有饭吃的，也有房子住，陈大爹不用担心。"

陈敬先父亲松下一口气，却又生出一股气来，气恼这马锅头好不懂事，明明自己什么都没有应承，怎么就跟丫头讲到这个份上了？现如今亲家未攀上，倒是好像成了这丫头的爹，还要给她未来指点迷津了。

陈敬先和父亲两个人连哄带骗，总算是给金凤哄好了，不哭了。陈敬先父亲拍胸脯保证，说不得叫她迷惑，定是要管的，以后怎么过，定要给指点的，金凤这才抹眼擦泪地回去了。

陈敬先送她出门，金凤又变成刚进门的样子，下巴抬得高高的，不看陈敬先。

陈敬先回屋，瞧着父亲木鸡一般愣在那里，眉头皱着，像是想不通似的。陈敬先自己也想不通，但觉得有些好笑，还有些高兴。

"啧！"陈敬先父亲大大地咂了一口，"这些赶马的，最会坑骗，有没有道理讲！"

陈敬先笑了，这个老马锅头坑骗人的伎俩他当年跟着走马帮的时候也见过，如今这件事，他倒觉得还好，虽说不讲规矩，但也没有坑骗什么。

陈敬先父亲想了半日，叹一口气："要不然，你还是娶了她吧，人家父亲都托到我们家了。"

陈敬先心里一喜，嘴里仍是淡淡的："不是说他们家商人重利轻别离？"

陈敬先父亲仍旧眉头紧皱："是倒是，不过如今她父亲过世，想来她一个丫头，也不如何出门，也不晓得马帮那些龌龊，还是不错的。"

"嗯。"陈敬先说。

"我们是读书人家，人家托孤，我们没有不管的道理。"陈敬先父亲说。

"嗯。"陈敬先说。

"反正如今也没有别的合适人家，她再不识礼，你以后慢慢教吧。"陈敬先父亲说。

"嗯。"陈敬先说。

即便是后来闹得翻天覆地，陈敬先都说，他对金凤有心，也曾是一心想要待金凤好的。

只是这心被金凤自己给毁了罢了。

在婚事定下后的那段日子里，陈敬先幻想了许多关于金凤的事。他见过许多不同的女子，甚至也曾与女子紧紧倚靠着同榻而眠。陈敬先记忆里有一溪的杏花，在月光之下，像蝴蝶凋落了似的，像月亮打碎了似的。陈敬先不认为女子一定要知书识礼，甚至隐约觉得诗书对于女子的美也有着捆锁，把各种不同女子的面孔都变成了同一副模样，倒是不如天地间自生自长的好，苦难也不会磨灭她望见杏花的眼睛。

那双眼睛陈敬先从来不曾忘记，只是也不曾与人说过。他画奔月的嫦娥，便是照着那样的眼睛画的。可惜那眼睛的主人现在只怕是死了，只怕是消失了，就连面孔也有些模糊了。若是当年也有照相机，能给那一溪的杏花和那一双眼睛照下来就好了。

结婚证明已经办妥，礼都过完了，单等日子接金凤过来，陈敬先家挂起了喜联。喜联是父亲写，陈敬先就自己在窗上画些花样。红色的颜料，画了喜鹊登梅，也画了梅兰竹菊，当然了，标语也要板板正正写一些。大概是心里激动，陈敬先竟忘了留些白，给画得满满当当。邻居隔壁都说好看，陈敬先倒是觉得自己画得杂乱，画得俗了。

春日到了，陈敬先估摸着，城外的杏花开了几株，想带金凤去瞧一瞧。他特意选了个月圆的日子，陪金凤吃罢了饭，喊她同去。

"去做什么？"金凤咯咯咯地笑。

"你来瞧了就晓得。"陈敬先说。

这已是领了结婚证明的两个人，也算夫妻了，自然也无人管他们，陈敬先便领了金凤出门，两个人一前一后地走。金凤走在前头，下巴昂得高高的，时不时地回头瞧陈敬先，她想着陈敬先怎么这么好看呢，瘦是瘦，走不了马帮的那种瘦，但他真是好看，眉眼低着，温温柔柔的，身上也不臭。

陈敬先在后面，每当金凤回头瞧他，他就把头一点，用眼神给金凤指路。

月亮亮得很，沧城的月亮比打鹰山的黄一些，像个硕大的灯泡挂在天顶上。杏花果真是开了，密密匝匝的，开成了一团云。虽说没有小溪，但花瓣被风吹落在地上更好看，竟是铺了一层，人都像站在云上了。陈敬先站在树下，心里头升起喜悦来。

"好看吗？"陈敬先说，"春日游，杏花吹满头。"

金凤给初春的风吹得牙齿打战，却不晓得已经到了目的地了。金凤问："看什么？"

陈敬先不说话，闭着眼，感觉花瓣落在脸上。

金凤又说:"看什么?"

陈敬先一愣:"花啊,杏花开了,没看见吗?"

金凤咧嘴一笑:"好看!"又把陈敬先的心笑软了。

"我不爱这个。"金凤说。

"怎么不爱?"陈敬先一愣,"那你爱什么?"

"杏子不好吃,我爱吃梨,西边山的酥梨最好,我爸爸以前还给我带过一种黄皮梨,也好吃。"金凤说,"杏花有什么好看的。"

陈敬先的兴致几乎被一扫而空,他悻悻地哼了一声,冷笑起来。

金凤嘴里咝咝地吸气,不曾发觉陈敬先的笑比风还凉:"冷死了,你带我就看这个?"

陈敬先说:"就看这个。"

"看完没有?看完了赶紧走,冷死了。"金凤说。

回去的路上,两个人不讲话,仍旧是一前一后地走。陈敬先心里一直想着一件事,如今就想要问一问。

"你爸爸走这么多年马帮,应该有干兄弟吧?"陈敬先问。

"多,他在哪里都有几个干兄弟、干亲家。"金凤说着,咯咯咯就笑。

陈敬先没有说话，金凤又自己讲开了："不过他那些干兄弟，在你们读书人看起来肯定觉得坏得很。我爹也是，马帮的人什么坏事不干！"

"马帮的人干什么坏事呢？"陈敬先说，"我也跟你爸爸走过马帮，我觉得他们很有义气。"

"你不懂，义气要看时候。"金凤说得高高兴兴，"涉及性命的事情他们最讲义气，但是如果没有性命的事，那就不讲了，还是苦钱要紧。"

陈敬先不说话了，金凤仍旧讲："我听我爸爸跟我讲，先前好些年了，他有个熟人老爷托他帮卖几幅字画，值价得很，都是古董，讲好了卖完对半分的，你猜怎么样？"

"怎样？"

"结果哪里对半分，他卖的价钱十倍都不止！"

陈敬先心里一凉，想起当初为了自己办事，家里卖掉的那几幅古画。他不晓得这金马锅卖的是不是自家的画，不晓得自家卖画是不是托的马帮，但金凤这一通话却让他突然觉得受到了很大的蒙骗。

"谁家的画？"陈敬先问。

"那我不晓得。"金凤说,"反正他干兄弟多,都是这样。"

父亲说得果然没有错,商人重利。陈敬先想着,心里十分愤怒,仿佛自己突然变成了被蒙骗的卖主,而金凤变成了丧良心的赶马人。难怪这金马锅,死到临头要托孤,不敢托给干兄弟,要托给这没多少交情的读书人!只当读书人家诚实好欺瞒?

陈敬先冷笑:"所以你爸爸不敢把你托给他们,要托给我家?"

"那倒不是的。"金凤突然狡黠地笑起来,压低了声音,像是在说什么很好笑的秘密似的,"我爸爸根本没有叫我来找你,是我自己瞎说的。"

陈敬先站住:"你瞎说什么?"

金凤绞着双手,扭头不看陈敬先,脸上却飞了红:"我说我爸爸把我托给你家,其实是我自己喜欢你才这么讲的,我瞎说的。"

陈敬先瞪着金凤。金凤偷瞧他一眼:"我一早就喜欢你了。"

陈敬先拳头握紧了,他不知道这个女子怎么会做这么没有脸皮的事，竟还敢大言不惭地讲出来。金凤仍然没有发现陈敬先压抑着情绪，只当他被自己的表白说害羞了。

"你爸爸一直病着，我爸爸又没有了，我怕你们忘记这件事，就想了这个法。"金凤说着，感觉凉风变成了热风，自己从脸红到耳，都是热的了，都是烫的了，"还好呢，我一说你们就想起来了。"

陈敬先沉默着，实实在在地感觉自己果真是受了蒙骗，父亲也受了蒙骗，自己一家都受了蒙骗。

这是什么人家的规矩？简直贱得像个妓女，还不知羞耻地讲这些话，她再是一点书没有读过，一个大字都不识，也该听过些道理吧？

"你这样讲话，是马帮家的传统吗？"陈敬先冷笑。

"是呀，喜欢你肯定要讲啊，不讲你可能就娶别个去了！"金凤还在笑。

陈敬先想起自己过去对这段婚姻、对这个女子的期待，觉得十分可笑。想起父亲对马帮家女子的嫌弃，又觉得果然是先见之明。不识礼节的女子如何算得上女子呢，与野人也差不多了。

陈敬先心里开始想，如何体面地把这结了一半的婚掐断。想了半天，却也想不出。金凤还是哝哝地表达自己的情意，讲得动情，竟来抓陈敬先的手了。

"以后不要再讲这些话。"陈敬先把手一挣，不叫金凤握着。

"过去你们家没有礼数教养，我跟我爹不知道。"陈敬先说，"以后好歹你是我面上的妻子，再不要说这些没有脸皮的话。"

金凤愣住了。

"你今日给我说的，我不会讲出去。往后你再不要跟别人提，莫给我家丢人。"陈敬先说。

陈敬先往前走去，留下金凤站在那里。月亮很圆，照得天地亮亮的，陈敬先的背影清清楚楚，脚步声显得分明。金凤不知道自己做错了什么，但看出自己确实是做错了很大的事，蒙着脸哭了。

在陈团结和陈前进的记忆里，父母的感情一直都是不好的。母亲金凤话多，啰唆，且讲话难听。骂起人来完全不顾自己在做什么，在做活路，把东西丢下就骂，在吃饭,也不顾自己一嘴的食物,喷得一桌子都是。

相比起来,父亲陈敬先是一个很温和儒雅的人。他待孩子好,每年都要给两姊妹拍好几张相片,还用心地细细染了色,染得红白烂胖,倒比真人还好看了。他爱画这两姊妹,可以无中生有地画出许多东西来,于是两姊妹在他的画里就坐上了汽车,坐上了飞机。面对金凤的滥骂,陈敬先很少还嘴,只是听不见似的。有时候吃着饭,金凤骂起人来,把食物残渣喷在桌上,陈敬先一言不发,放下碗就回了书房。有几回,金凤撵到书房里去,把陈敬先在写的纸张扯得七零八落,嘴里叫嚷要离婚,陈敬先也是默默地不吭声,仍旧拿新的纸来写。金凤又哭又叫,发了疯了,但最后还是要把一地的纸张整理了,撕坏的拿去点火,完好的叠了重新放回去。

小孩子听母亲叫嚷着离婚,都害怕得很。等母亲气性撒完了,就偷偷去找父亲哭泣。陈敬先总是擦干她们的眼泪,说不要担心,爸爸妈妈哪里就会离婚呢,哪里就能如此不要脸皮。前进性子娇些,哄了也不依,陈敬先就画她的哭脸,画一个小孩子眼泪水乱飞,眼泪水倒比脸还要大,好笑得很,把两姊妹逗得笑。

两个小孩子都觉得父亲可怜得很,这么安静的一个人,偏偏落在泼妇手里。

后来照相馆被收归了沧城商店,陈敬先也果真因为历史问题去了劳改队。劳改队远在百里外的农场,农场靠着金沙江,种小麦、蔬菜和西瓜,还有一个自己的瓷器厂。陈敬先的信写回来,团结和前进就把信拿去请爷爷读。

陈敬先父亲读:"我如今所在,天朗气清,风光极美,颇有桃花源之风范,父亲无须过虑。"

两姊妹一边一个坐上祖父的大腿,要抢那信纸。陈敬先父亲把信高高举起不叫她们扯坏了。两姊妹喊:"爸爸有没有说我?有没有说?"

"有有有。"陈敬先父亲继续读,"大女最有胆气,要护住妹妹,勿受人欺凌。小女最巧,莫只顾爱娇,忘记进步。姊妹二人,皆是爸爸心中疼爱,切记不可枉费了时间,好好学习,天天向上。"两姊妹听了就高兴得很,脸在信纸上蹭来蹭去,当成父亲那般亲热。

读信的时候,金凤也在旁边听。一封信念完了,金凤就问:"爸爸,信里头有没有说我啊?"

团结高兴地把她妈妈吆开:"没有!没有!说的是我和前进!"

陈敬先的信从来不提金凤,但陈敬先父亲写回信的时候,金凤是一定要坐在旁边一起写的。

"爸爸,你问他缺不缺棉衣和鞋子。"金凤说。

"他上回就说了,江边热得很,用不着棉衣。"陈敬先父亲说。

"你问他何时放假。"金凤说。

"他如今是劳改,不是出去玩,哪里能放假。"陈敬先父亲说。

"那你跟他说,他往日画的那些扇子和字画,都给我烧掉了。"金凤说。

"好。"陈敬先父亲说。

"不是我想烧,是如今非烧不可了,爸爸你说给他。"金凤说。

等陈敬先的信再来,金凤仍是站在旁边听。她想着烧画的事告诉了去,陈敬先必定要大大发怒的。没想到陈敬先对此事一句也不提,一句也不问。

"爸爸,你跟他说,他的画给烧掉了。"金凤说。

"已经说过了。"陈敬先父亲说。

"他没有问?"金凤说。

"没有。"陈敬先父亲说。

此时的金凤和陈敬先父亲,已经带着两个小的,接受贫下中农再教育,住到了沧城西边的高家坝。陈敬先父亲这个老头,这辈子想了许多种法子重振家业,叫陈敬先去当兵也好,去走马帮也好,都是出路。万万没想到,一把年纪了,祖产、田地、老屋都留不住,倒是要回土里去刨食了。

但他还是保留了读书人的体面。金凤呜呜地哭,说如今一家人也是跟劳改差不多。倒是陈敬先父亲,平平淡淡地说:"哭什么,人都在,一个都没有少。"

一家人就这么住进高家坝一户人家。主人家是牛工,家里喂着生产队的宝贝牛,牛棚旁边,就是金凤一家住的偏房。本就只有三间屋,金凤还非要留出一间小的,说给陈敬先和老父做书房用。剩下的两间,陈敬先父亲住一间,她领着两个丫头住一间,做饭就在屋外厦子。主人家是本分的庄稼人,起初只当金凤一家是坏地主,主人家虽不十分为难他们，但也冷冷的。恰好赶上新年，陈敬先父亲帮着在墙上写了对联，还领着主人家的小孩认字念语录，主人家便放了心，晓得是好人，平日里借柴借米的，也不推辞，还帮着金凤一起，教她种那自留地。

在乡下，小孩子倒是玩得很好。小孩子眼里没有成分，即便有，玩几天也就忘记了。团结和前进迅速在村里结交了一群伙伴，每日斗鸡打狗，沸反盈天，甚至自己在水塘子里学会了游泳，金凤听说的时候吓得冒冷汗，因为那水塘子旁边就是一片古旧的荒坟，据说是闹鬼的，会把游泳的人扯进塘底活活闷死。但小孩子是什么都不怕的，大雨把荒坟冲开，死人骨头滚出来，小孩子就拿了丢着玩，或是拿去吓唬大人。也有棺材板子冲出来，不晓得经历了多少年，竟也没有腐朽，小孩子就丢进水塘子去浮着，匍在上面游水。

金凤跟两个丫头讲闹鬼，那必然是要被反骂回来的，说她封建迷信。陈敬先父亲说对先人要有尊重，也被顶回来。两个小孩那么大点人，嘴巴伶俐得很。

陈敬先父亲无了法，只得苦笑，说也好也好，往后自己死了，棺材板子也叫小孩拿去游水，算是最后为娃娃们做件事。金凤听了也笑了。陈敬先父亲跟两个小孩说:"以后爷爷死了,你们拿我棺材板游水,爷爷就护着你们,不叫你们呛着。"

只是大人的生活就没有那么好过。陈敬先父亲年纪大了,专在家里领着两个丫头,已经累得死去活来,活路只有金凤一个人做。她个子小,手脚又笨,即便是把自己当男人使,苦来的也不够一家人吃。

金凤去苦活。自留地只有巴掌大,金凤又不会盘田,别人家的青菜白菜长得蓬蓬勃勃,她家的自留地长得跟陈敬先的泼墨画一般稀里糊涂。生产队的活路也难做,别个砍柴砍一背,金凤砍柴砍几根,倒把脸皮擦破了。别个拔草拔半日,金凤拔到天黑还拔不完。旁人不愿意沾惹这个地主婆,都瞧着她笑,也不肯帮一把,毕竟谁家的力气都值钱。金凤只得跟着笑,说自己确实脓包,马帮的丫头,读书人的媳妇,哪里学过盘田呢。

反正不管干到多晚,金凤也得自己干,无法指望别个哄着。金凤只能哄自己,马帮家的闺女没听说怕过什么,饭够吃就多吃,不够吃就少吃点。活路做不过来,那就等两个丫头长大点,再大点就能帮忙了。

好在这样的日子没有持续多久，金凤有了新活路。夏天还未到，倒是下了几场雨，房主人家牛棚里两个牛不晓得是淋雨着凉了还是累着了，一个紧一个咳嗽起来，主人去摸，发现两个牛体温烫得怕人，吓得惊叫。这牛是生产队的财产，交在人手里，出了过错是不得了的事。主人惊慌得很，金凤却沉稳得很，叫主人把专给牛留的谷子拿了一升炒熟了，混着醋喂下去。

主人说这怕是不得好，金凤说你等着瞧。

第二日，牛的烧退下去，主人仍是不放心，老远请了别村的兽医来瞧。兽医倒是说，头晚的方子给得好，如今自己再给方子，也不过就是如此罢了。

于是众人才晓得，金凤原来有这本事。金凤笑笑，说骡马常见的毛病自己都晓得一些，想来牛也差不多，今日试试，果然不错。众人十分高兴，说兽医难寻，以往都要老远去请，还未必请得及时。如今好了，自己村里有了。陈敬先父亲赶着众人高兴，说金凤当年是马帮家的姑娘，地里的事不见得熟，牲口的事倒是懂一些，往后遇着牛啊马的事情，只管喊金凤就是了。

金凤晓得这是陈敬先父亲怕她做活不行，招人嫌弃，替她讲讲话。没想到才过了两天，真个就有事情找上她。村里原本有两匹马搞运输，结果前日遇到落石，一匹马吓得乱奔，跌进沟里，连带着赶马人一起跌得半死不活。等村里发现不对，派人去寻，一人一马仍旧在沟里泡着。人抬回来，断一个脚，去了半条命，而马早就给卡死了。

剩下的一匹马就成了问题。

先是谁来养。养马不比养牛，牛性子好，马的性子却闹，万一不熟马匹的德性，出点事情，哪个也不想担待。然后是谁来赶。赶马费劲，又要有胆量，即便如今没有土匪，也没有猛兽了，但落石和风雨实在还是有的。能在土里刨出食来，哪个愿意去走这路，哪个愿意去断一条腿呢。

生产队的才讲这件事，金凤就晓得了意思。她回头去瞧陈敬先父亲，老头也晓得了意思，只是背过去不讲话。来人跟金凤讲，若是能去赶马，苦的工分顶得上两个金凤在地里，也是划算。若是金凤能去赶马，一家人的饭总就够吃了。

金凤听了心里高兴，却说，先瞧瞧马，瞧瞧再说吧。

金凤就这么成了高家坝最后一个女赶马。

金凤走在山路上，腿上裹着新绑腿，肩上披着旧皮夹。原本的赶马人把绑腿和皮夹都给了金凤，绑腿实在是絮了不能用，金凤便向生产队打了报告，要了新布，做了副新的。皮夹是羊皮的，虽然旧，虽然毛已经秃了大半，但挡个风雨也还要得。

金凤的长辫也请陈敬先父亲帮着剪去了。那辫子她留了许多年，甚至不记得是何时留的，大概出生后就没有剪过，长长地垂到大腿。金凤父亲曾经说，妹妹的长发为哥留，拴住哥哥常回头。父亲说，女孩子的长发是不兴剪的，赶马人在外面，想着妹妹想着家，想妹的脸蛋甜嘴巴，想着妹妹细腰杆，想着妹妹长头发。

但如今反正自己就是赶马人了，长发和美貌在山路上毫无用处，反添麻烦，不如一并去了的好，连带着所有女人的特征都去了才好。金凤穿着一身赶马的衣裳，感觉头发茬子戳着后脖颈，烈日像浓稠的蜂蜜，从头顶缓慢地淌下来，连带着她的面孔一同融化了，焦黄了。

这样子叫父亲瞧见，大概要笑话的，说这是哪里来的小赶马，个头还没有马高。但金凤又想，父亲大概也会说，这么一小个，也敢走马帮，果然是铁打的好汉，果然是他金马锅的丫头。

第一次赶马，村里怕金凤迷路，便派了两个人，跟着金凤翻过两座山，去了最近的镇子。这次过后，金凤去哪里就都是一个人了。说是赶马，跟以往的赶马也不一样了。以往的赶马，能走千山万水。如今的赶马，跨不过金沙江，翻不过打鹰山，不过就是驮一驮生产队的柴，往附近的村镇送一送信和针头线脑的零碎。一路上有零星的村子可以投宿吃饭，没有盗匪，也没有猛兽，只要避开落石，简直算得上坦途。

这样的路，父亲当年一定是看不上的。但牵着马走在山路上，金凤恍然感到，自己跟父亲走在了一起，走成了一路，仿佛百转千回想尽法子，仍然逃不过家族的遗传和诅咒。金凤觉得有些好笑：以往觉得赶马的人最脏最臭，如今脏臭的是自己了。以往一心想嫁读书人，不嫁赶马的，如今嫁是嫁了，结果读书人不晓得去了哪里，自己倒成了赶马的。

那小马很年轻，是一匹从未生育过的红色母马，性子十分活泼，怪不得别个怕它闹呢。虽然年轻，但小马显然已经走熟了路，比金凤倒是老练多了。它认得那些拦路的巨石上，每一个可以踏脚的凹槽，这每一个凹槽都是它的祖祖辈辈一蹄一蹄踏出来的，像一溜鬼神打磨出的阶梯。

金凤自小与骡马相熟，很快就跟小马好得不得了，玩在一堆了，小孩子似的。只是这马道不好走，有的地方乱石虚摆着，一脚踏去，人跌翻，石头也飞了。有的地方路又极窄，刚刚够一匹马小心翼翼地过，路边长着蓬草，踏过去却是空的，下面就是悬崖。金凤跟在小马屁股后面踩它的蹄印，撑得连滚带爬。小马瞧着这个新来的赶马人撑不上，大概也有些鄙夷，便淘气起来，故意跑向前去，急得金凤乱叫。待她气喘吁吁往前跑好长一路，眼泪都落下来，却望见小马又站在那路边等她，尾巴甩动，打着伶俐的响鼻。

金凤爱热闹，也爱娇。但人的忍耐力大概是没有尽头的，真的离开了人，与小马走在一起，与父亲走在一起，金凤比自己想的更快适应了，甚至觉出些自由。脚上长了血泡，那就不洗脚，伤口沾了水疼，不如臭着。土灰拍了一脸，那是不必在意的，不担心别个瞧见了说邋遢。

大声放屁，吐口水，擤鼻涕，也是可以的，只当走在路上给自己找点动静热闹热闹。路上遇着别的赶马人，金凤就凑过去讲话，跟人家要水喝，也不觉得羞涩。路过村寨，老人家坐在村口讲闲话，金凤也愿意高高兴兴地过去听，听谁家婆婆虐待儿媳，谁家妯娌打架。她如今是赶马人，见过的世面比别个多，讲闲话的人就问她："你见识广，见过这价的事没有？"金凤就跟别个讲起道理来，说这样的混账事情，天底下也未曾听闻。

别个附和，金凤更高兴起来，痛痛快快地一起骂。

独行在天地之间，金凤唯一觉得的不自由，就只有来月事的时候。金凤把几张草纸叠了垫在衬裤里，无奈走起山路来，那草纸总往裤腿里钻。金凤月事来得多，走几步屁股就一摊红印，湿乎乎地粘住了屁股，又过了一阵，血印混了泥灰干了，硬邦邦地戳着。

有一回被血洇湿的草纸从裤腿里掉出来，已经泡得稀烂，落在石头上。小马瞧着了，舌头卷进嘴里咀嚼起来，金凤大骂："恶心死你个狗日的。"

想一想，金凤笑了："你就当是开荤了。"

金凤身上的冷汗一阵又一阵，感觉一部分的自己化成血水流淌在山崖间。金凤说:"你现在吃我吧,以后,我也放你的血来吃。"

这当然是玩笑话,金凤把小马看得比自己金贵。她自己累了可以不歇,小马累了必定是要歇下喝水吃草的。她自己手脚破了用嘴抿一口就罢,小马咳嗽一声她紧张得不得了。

走在山路上,金凤唱起歌来。

"阿妹欸——山对山是箐沟沟,箐连箐是水长流,心对肝是哥和妹,妹等哥要到明年。"

金凤自己也不晓得唱对没有,总之记忆里,她的父亲仿佛是这么唱过。金凤的歌唱得孤单,没有马铃叮当作响,没有马锅头的锣,歌声就像一只掉队的雁。唱了几句,金凤觉得无趣,这歌声仿佛往天边唱过去了,是往江里丢进去了,连落水声都听不见。

金凤就觉得这一处有点难过,自己继承了父亲的事业,却把父亲的歌声给遗落了。

日子逢二,是南边镇子的街子天,金凤就往南边去,一去一回要两天。

金凤听别个教的话，住在半路一个破败的马店里。说是马店，但如今也没有什么马帮了，只有各地方过路的人偶尔住一住，只剩下一排瓦片不全的破屋，马圈和巨大的上马石，仍旧摆在那里。店主是个老寡妇，坐在厦子上晒太阳。

第一次来，金凤走进去，瑟瑟缩缩拿出介绍信，粗着嗓门说要住一晚。老寡妇歪斜着眼睛，笑眯眯。金凤把脸上蒙的头巾扯开来，咳了一声，老寡妇还是斜着眼睛，笑眯眯。

金凤十分忐忑，不晓得对方是不是看出这一身赶马人的打扮之下是个女人，瞧她不起，还是自己进门哪里不合规矩。金凤的父亲早年走马帮，有一驮子的规矩要讲，如何行路，如何喊人，如何递东西，规矩比天都大，破了规矩的赶马人就要挨一鞭子。只是金凤过去不曾想过自己能用上，也不曾留心，如今只怕都忘了。

金凤又小心翼翼地喊了一声："孃孃。"

老寡妇仍是不答应。金凤觉得又羞惭又懊恼，恨不得把父亲的魂灵揪回来，好好问一遍赶马的礼仪。待她终于忍受不住，决定换一家投宿，或是连夜回家去也好，老寡妇突然发出一声响亮的鼾声,仿佛马打响鼻一般,金凤才晓得她是睡着了。倒是稀奇,睡着了还瞪着眼睛。

金凤不敢喊她,只得蹲在旁边等。不晓得等了多久,太阳都落了,风凉下来,老寡妇才悠悠醒转,咂着嘴,瞧见院坝里的马,又扭头瞧见金凤。

"丫头,找人啊?"老寡妇说。

金凤吓了一跳,她一身遮得严实,是个标准的赶马人,哪里就瞧得出是个丫头呢。金凤点点头,把介绍信递过去。老寡妇摆摆手:"不识字。"

金凤也不识字,便把信又收起来。

金凤说:"我高家坝过来的。"

老寡妇说:"哦,赶马的,那你跟我住。"

金凤说:"有别个也在这里住吗?"

老寡妇说:"今日没有。但那些屋是给男人住的,女赶马跟我住这头。"

金凤心头一亮,像是找着了什么似的:"还有别的女赶马?"

老寡妇说:"我的丫头就是女赶马。"

金凤十分高兴,还要讲话,老寡妇却指了屋门,叫她先去歇，说做好了饭再喊她。金凤自己带了苞谷粑粑，本想凑合吃吃罢了，不想竟有热饭吃，心里高兴，便不问什么，在木板床上歇了。

老寡妇煮了菜汤，还在火堆里烧了洋芋和板栗，又用火烧辣子舂了个蘸水。菜是牛皮菜，叶子肥硕饱满，老寡妇掭一碗汤递给金凤，金凤要推让，老寡妇说："就这一个碗，你吃你的。"

金凤更不好意思吃，老寡妇说："我就锅。"

老寡妇从锅里夹菜吃，金凤问："你家女儿呢？给她留点饭。"

老寡妇头也不抬："没有回来。"

金凤说："什么时候回来呢？"

老寡妇仍旧吃饭："快了，你不管，你吃你的。"

月亮升起来，像个肿胀的水疱，红亮亮的。老寡妇喊金凤去睡觉，金凤睡一头，老寡妇睡一头。金凤憋不住想问问女赶马的事，说："你女儿还不回来，真是辛苦。"

老寡妇蒙在被子里，声音嗡嗡的："女人做什么不苦。"

金凤想了一想，说："我是第一回赶马，不晓得规矩，孃孃与我讲一讲。"

老寡妇说:"有什么规矩?怎么样能活,怎么样就是规矩。"

金凤想着老寡妇大概不愿意讲话,只好憋着。实在憋不住,又问:"你女儿去了哪里啦?"

老寡妇不答应,鼾声响起来。金凤无法,也只得睡了。

睡到半夜,金凤听得有人叩门,迷迷糊糊地,感觉被里一凉,老寡妇已经翻身起来,去开门。金凤听见老寡妇和一个女人讲话,听见女人喊"妈",晓得是老寡妇女儿回来了。金凤又听见锅灶响,柴火噼啪,大概是老寡妇做饭给女儿吃。金凤想着,等一阵三个人睡不晓得要多么挤,那也好,可以问一问那个女赶马,讲一讲赶马的事情。

金凤想着,又睡着了。等她醒来,天光已亮,铺上仍是她与老寡妇,女赶马不晓得在哪里睡的。老寡妇鼾声细细密密,像一只老猫。

金凤起来解手,老寡妇也起了,仍旧是煮了牛皮菜汤。老寡妇说懒得做别的,这顿就不收钱吧。金凤拿出苞谷粑粑,与老寡妇分着吃了。

"我听见昨晚姐姐回来了。"金凤说。

老寡妇吃着饭,垂着眼睛不回答。

金凤想等一等,与那女赶马好好讲一讲话,可她等到日头都热了,也没有见着女赶马,大概头天累了没有起。金凤只得跟老寡妇道了别,牵着马去做事情。

这是街子天,但路上稀稀拉拉的,只有几个四围山上下来的山民背了家里种的梨子和辣子来卖,也有些葛根,有些韭菜。金凤往生产队去,驮子里是信件和替百货公司送的杂货,接货的人瞧这新来的女赶马,觉得有些稀奇,说:"你们没有人了?派个女的,女的赶什么马。"

金凤说:"你们不也有女赶马?"

那人说:"以前是有,如今没有了。"

金凤说:"路上那马店不就有女赶马?"

那人说:"那也是的,那老婆子家丫头是女赶马,但早就已经死了。"

金凤说:"我听见她半夜还回来的,怎么就死了?"

那人说:"你怕是做梦做憨了。"

金凤做完了事情,又把回头的信放进驮子里。回程路上,她又去到马店,老寡妇在门外的菜园里锄地。瞧见金凤,老寡妇说:"回去啦?下回来你帮我带点菜去镇上卖吧。"

金凤说:"姐姐还没回来?"

老寡妇说:"还没回来。"

金凤说:"什么时候回来?"

老寡妇说:"快了。"

日子逢五,是西边的街子天,金凤就往西边去。西边的镇子靠得近,是一个被尖锐的山褶夹住的小坑,人们在坑里种桑树,在桑树下养蚕。若是鸟要飞过去,大概只要扇三下翅膀。只是这头的路太曲折,金凤走起来,无论如何要一天。

走得熟悉了,金凤开始觉得这样的山路很奇妙,人像一条船在溪里走,不能遇着人,也不能回过头。上山也好下山也好,非得转二十八个发卡弯不可。有时候金凤走在小路上,路两边都是灌木丛子筑的墙,金凤听见墙那头有人讲话,声音清清楚楚,金凤就跟人搭腔。

"老表往哪边去呢?"金凤说。

"我们往西边去。"那边的人说。

这便算了。虽然是同路,但金凤并不打算追上人家一路走，毕竟这山路上，即便听得见声音，要撵上也得半个钟头不可。

"老表往哪边去呢？"金凤说。

"我们往东边去。"那边的人说。

如果是这样，那金凤就晓得，很快会跟人家相遇了，于是金凤说："我牵了马，等下子遇着了，烦老乡让一让。"

这里的豆花做得最好，金凤来了，想要就着干粮吃一碗。豆花甜咸都有，吃甜的，就给舀一勺底子的红糖，吃咸的，就自己放盐醋辣椒。金凤爱吃咸豆花，但如今糖是难得的，能吃一点就是一点。坐在那街心里吃豆花，金凤总能望见一个女人穿着一条旗袍过来买豆花，旗袍破得看不出原本的料子，几乎用补丁打满了，但还是干干净净的。

女人身子粗得很，肉皮子肿得透亮，有病似的。她看起来不年轻了，头发花白，手指头上缠着布条，是洗蚕茧惯了的模样。她袅袅娜娜的，表情像个小女孩一样害羞，端着个搪瓷口缸，娇娇地喊卖豆花的给她搋豆花，说不要汤，只要豆花，还要多加一点辣。

卖豆花的笑嘻嘻地边搋豆花边说："二小姐又吃

豆花。"

女人就羞涩地笑："没得办法，我家那个爱吃豆花。"

女人走了。金凤问别个，怎么这年头还有人穿成这样，还喊二小姐？

别个说："什么二小姐，疯子一个，你看不出来吗？"

金凤说看出来一点。

别个说："当年她天天出来给她爹买豆花，叫一个过路的小军官瞧上了，装病在这里留了两个月，跟她好上了。"

金凤说："当兵的有什么好的，动不动就要走。"

别个说："说的就是，但人家是个搞文艺的，读书人，能说会道，她就瞧上了。"

金凤说："那就不走了？"

别个说："怎么不走，婚事才谈拢，喜酒都没办就走了。"

金凤说："那她怎么办？"

别个说："能怎么办？等来等去等疯了，到现在还在当她的二小姐。"

金凤说："那她说她家那个爱吃豆花，是哪个？"

别个说:"跟你说了是疯子,疯子的话你还信。"

金凤吃着豆花,听别个笑话那女疯子,心里头有点难过。她想她自己就跟这二小姐也一样,爱上个读书人,结果倒了霉了。可是读书人的好处,泥脚杆就是不懂。金凤觉得如果自己是那二小姐,大概也要等,大概也是这么好骗。这么想着,金凤觉得二小姐可能没疯,也可能是金凤自己疯了,金凤就笑了。

后来金凤吃豆花,再遇着那女疯子,金凤就喊她:"二小姐。"

二小姐瞧一瞧金凤,不晓得她是谁,就害羞起来,眼神躲闪,浮肿的脸上绽出一个笑,声音像小姑娘一般甜甜的:"哎,吃豆花啊。"

金凤说:"二小姐也吃豆花。"

二小姐又笑:"没办法,我家那个爱吃豆花。"

金凤点点头,二小姐认得这是个赶马人的模样,问金凤:"你回来啦?"

金凤又点点头。二小姐说:"外头的仗打完了没有啊?"

金凤说:"可能快要打完了。"

二小姐说:"就是,打好久了,该要打完了。"

二小姐嘟嘟囔囔地,突然抬起头来,想起什么似的,跟卖豆花的说:"帮我多掭一点,不要汤,就要豆花,多放一点辣。"

卖豆花的笑眯眯地收了钱,往搪瓷缸里掭豆花。二小姐说:"仗就要打完了。"

卖豆花的点头称是,说:"就是,打完了,以后日子就好过了。"

往东边去,就是沧城了。日子逢三或是逢八,就是沧城的街子天,金凤要去取信,也要代取百货公司的零碎。起初,金凤十分不愿意去,那里虽然曾经有她的家,但如今却将她撵了出来,回去了见着什么都是个伤心。但她也不得不去,即便不提做活的事,她也不得不去等陈敬先的信。

取信的时候,金凤就问了:"有没有我家的信啊?"

别个说没有,她就说:"哦,我就问一下。"

别个说有,她就说:"哦,那我先取了吧。"取了信,金凤揣在怀窝里,恨不得飞奔回去叫陈敬先的父亲念。

她不认字，但她认得陈敬先的字，还觉得很漂亮。她晓得信里大概仍然没有她，但她想，也许这一封会有的。这一封没有，那么下一封里也许会有的。

沧城人大都彼此熟识，一开始见着这个赶马的，都以为是个陌生的脏臭汉子，没有认出是金凤。等认出了，都倒吸一口冷气。孃孃姐姐们总被吓得猛地一把抓住金凤的手，惊叫起来，又想到这是个地主婆，如此亲近怕是不好，便讪讪地放了手。

非要等搞明白，如今金凤是个如假包换的赶马人了，勤快了，也进步了，孃孃姐姐才放下心来，重新拉着金凤，呼天喊地地讲话。说金凤头发怎么剪掉了，说金凤晒得黑。长吁短叹一气，大家又说，如今这金凤，看着就好，看着就能干。

金凤家和陈敬先家原本的老屋，如今都分给几户农民住着，明明是合该的事，人家却有些不好意思似的，像是占了金凤的好处。每当金凤过路，就喊金凤进去坐，去喝口水，去瞧瞧她家的屋子。

金凤不愿意进去，面上再怎么不当一回事，心里总是难过的。抵不住人家喊的次数多了，金凤只得进去坐。

"你瞧，这石榴树是你爸爸种的吧？长得多么好。"人家说。

"是我爷爷种的了。"金凤说。

"难怪了，我常常记得浇水，开花真是好看。"人家说。

"果子也甜，虽然小，但是甜呢。"金凤说。

"真是好。"人家说，"这阵子刷房子，才刷到你的屋。"

"不是我的屋，你莫这价讲。"金凤说。

"是了是了，我是说你家的房子盖得好呢。"人家说。

如此讲得多了，金凤便也不觉得难过，瞧着人家爱惜她的房子，心里反倒是有些高兴了，来来去去地，主动跟人家打招呼，开玩笑喊人家拿东西招待她。

沧城人瞧着这个金凤不是往日那个矮胖的小女孩，反倒是能干又泼辣，便知道她长成了一个很好的大人，什么话都可以讲了。沧城没有什么稀奇，就算有，立刻就被各人嚼遍了，但等着金凤来了，再讲一遍，仿佛就又高兴了一回。

"哎哟金凤，你不晓得，出了新闻了。"别个瞧着金凤来，拉着就讲，"前几日有两个人跳踏脚河，你晓不晓得？"

金凤立刻也拉着人家的手，兴致勃勃："还不晓得，怎么跳的！"

别个说得更高兴："他两个下定了决心了，把脚捆在一处，结果不晓得是不是跳进河里就反悔，挣又挣不脱，两个明明是一起的，反倒是结仇了似的厮打起来，衣裤都扯落了！"

金凤大声唏嘘："那最后活了没有？"

别个说："一个都没有活，全都死了。"

两人边讲边叹气，有人过路，瞧见她俩讲得高兴，便也站了来一起讲。有人讲如今倒反天罡，男人在路上挨女人打，当爹的回家挨儿子打，做师傅的在堂上挨学生打。讲得绘声绘色——打人的如何咬了牙，如何变了脸，挨打的如何哭，如何哭都哭不出。几个人讲得高兴，就要啧啧地叹："他们不会有好报的，瞧着就不是好东西了。"

沧城的稀奇讲完了，大家就喊金凤讲别处的稀奇，毕竟如今她是走南闯北的女赶马，即使走得也不算多远吧，那也比蹲在沧城哪里都去不得的女人们晓得的事情多。

金凤就讲："那高家坝有个小孩子，年纪比我家丫头大不得几岁,能干得很。"

众人等着她继续讲,金凤偏偏不讲了。眼珠子绕着众人溜一圈,装模作样地。

金凤说:"他干了一台大事!"

金凤又不讲了,高高兴兴地瞧着别个等她。别个不耐烦,拍一把金凤的背,说不讲就算了,不听了。金凤才又讲。

"我们那里有好几家,都是下乡的,有个人蠢笨得很,平日里挨打也悄声。那小孩子瞧人家好欺负,居然偷了镪水放在门上,别个一进门,给淋了一头。"金凤说。

"那就怎么样?"众人问。

"怎么样?镪水是什么,你们在城里头怕是不晓得。厉害得很,把那人脸皮都烫平,耳朵都融化了一个!"金凤说。

众人倒吸一口冷气,说:"这是什么小孩子?你还说他能干。"

金凤说:"小小年纪,黑心烂肠,坏得流脓,还不能干?"

众人又是一阵叹息。

如此这般，金凤每次到了沧城，都载一驮子零碎，听一肚子闲话，怀窝里的信热腾腾的，从里到外都高兴起来。往回走，金凤便不觉得是被沧城撵出来的，还觉得沧城是她的家。

赶马也明显地改善了金凤一家的生活。过去金凤干活实在不成，只能算她小半个工。如今赶马，就是一个工了。陈敬先父亲虽然干不得什么活，但为了让金凤安心赶马，别个也给陈敬先父亲算小半个工，时不时帮忙写写画画，做做黑板报，也就是了。

团结和前进越发大起来，能帮着做些活路，金凤翻出箱子底的钱，去买了两个小猪，叫两姊妹养着。那钱还是当初到高家坝时政府给的安家费，一直不敢花，如今也光明正大有了好去处。两姊妹高兴得很，一天到晚得空就去打猪草。有米汤就混米汤，没有米汤就混点米糠豆糠，把两个小猪养得很好。到了年底杀猪，大的一个居然过了九十斤，上交到生产队。小的一个也有八十多斤，一家人小心翼翼地腌了肉，炼了猪油，煮了下水，吃得十分幸福。

日子就这么混着，马道就这么走着。金凤等啊，等啊，终于是把陈敬先等了回来。

信里一早倒也说了,刑期结束,可以回家。金凤一早腌的火腿和猪脖圈肉,不也就是为此准备的吗。可是陈敬先到底哪一天到家,金凤不晓得,只能一日一日地等着。等到后来,金凤突然觉得他晚点回来也好,等他的每一分钟,心里都是愉快的激动,晚几天回来,就能多愉快几天呢。

那日金凤驮了柴下山,把柴给别人家送了去。瞧见团结一阵风似的刮过来,喊:"妈妈,我爸爸回来了!"

金凤明明早晓得陈敬先要回,此时却仍然一阵头昏,激动得手脚瘫软,憋不住尿似的。她佯装镇定,闭着眼睛说:"回来就回来,你喊他进去歇。"

团结说:"他找不着门,被生产队的抓了去,说怕是坏人。"

金凤瞪圆了眼睛:"那你不好好讲!现在呢?"

团结说:"还在那里呢。"

金凤把马绳往旁人手里一塞,只忙得赢招呼一句"帮我拴住",就飞奔了去,倒是把团结甩在后面一大截。跑了几步,金凤又慌张起来,不晓得这样乱跑难看不难看,便停下来，大喊团结。

团结撵上了，气喘吁吁，十分不满："我是前进！你瞎啦！"

金凤忙不赢骂回去，扯着小孩的手，仍是跑。

对陈敬先来说，第一次回高家坝那天也很是难忘，也令他想了许多。劳改两年，陈敬先想通许多事，感觉过去放不下的许多如今都可以放下，过去拿不起的如今也可以拿起。他想，自己的命是好的，虽然走错了路，但活着。不仅活着，还有父亲，有媳妇，还有孩子。金凤是好的，团结和前进也是好的。无论如何，他并没有孤零零一个人在世上，总是有人在等他。

陈敬先抱着团结，跟生产队长讲着话，等着前进去喊金凤。他先是没有认出那个破衣烂衫的赶马人是谁。那人带着哭腔喊他"敬先"，他也只是一愣，不晓得怎么一个陌生人，喊他喊得这么亲热了。

等认出这竟然是金凤，陈敬先大大地惊讶了。短短两年时间不见，他如今面前站着的，是一个焦黄枯干的树根子，衣裳下摆烂成片片，身上散发出一股一股牛马的臭气。那双手就像狗爪一般,指甲缝里尽是黑泥,竟然还想来碰他。

这绝不是生活艰辛可以解释的。再艰辛,缝补衣裳的针线是有的,清洗身子的水是有的,何至于把自己过成这个样子?金凤很快就鼻涕眼泪哭出一团,脸上稀乎乎仿佛裹了泥灰。陈敬先心里头同样塞满了心酸,也塞了不晓得什么东西,只是强忍着,扭过脸去不瞧她。

生产队长是个和气的汉子,起初瞧这个陌生人走走停停,怕是个坏人,等问明白身份也就不再为难,倒了水给陈敬先喝,还怪尊重。陈敬先跟队长谈得好好的,偏偏此时冒了这么个金凤出来,陈敬先感到无比羞惭,几乎在这地上站不下去。

好在队长瞧出陈敬先尴尬,赶忙喊他们回家去。金凤要拿陈敬先的行李,陈敬先说"不必",自己提起来,跟着团结和前进出门来。金凤跟在陈敬先后头走,仍然是哭。

陈敬先说:"莫哭了,给人瞧见害羞。"

金凤就猛吸鼻子,手背在脸上乱抹。

陈敬先松一口气,仍旧是走。走着走着,金凤突然想起什么似的:"我的马!"

陈敬先和两个丫头站着看金凤,金凤站着看陈敬先。

金凤说:"我的马还在别人家。"

陈敬先说:"那你去。"

金凤还是不动,嘴巴撇着,眼睛里汪着一包眼泪。

陈敬先说:"辛苦你,我回去等你。"

金凤便大哭起来,号叫声怕是半个村子都要听见了。她先是抹着眼泪走路,后来竟跑了起来,哭声跟着脚步,一颠一颠地。

陈敬先终于瞧见了如今的家,瞧见了自己的父亲,已经老得不成样子了,但毕竟是父亲。陈敬先跟父亲对坐着,讲了讲这一路如何,老头子掉了几滴眼泪水,领他去看房间。说是金凤给他留的书房,如今书是没有,却堆满了金凤不晓得哪里捡来的柴草和烂木板。陈敬先父亲说:"她一早想打扫的,只是天天赶马没得空,莫怪她。"

陈敬先说:"不会。"

陈敬先也瞧见了房主人,跟人家客客气气地打了招呼。陈敬先又被两个丫头领着去瞧新买来养的小猪,然后去瞧主人家的牛。

瞧完这一大圈,其实也没瞧见什么。金凤牵着马回来,已经不哭了,陈敬先又瞧了瞧马。陈敬先从行李里掏出些钱递给父亲,又掏出几个白瓷的钵头。一个钵头上画了五彩的雄鸡,一个钵头上画了红色的梅花,还有一个钵头上画了黑色的竹子。

金凤说:"你们安置还给这些。"

陈敬先说:"是我自己买的。"

金凤说:"饭都吃不饱,你买这个做什么,我看你是富贵了。"

陈敬先说:"是我自己画的。"

团结和前进把钵头抢过去瞧,大声夸赞画得好。陈敬先父亲也接过去瞧,说如今会画瓷了,画瓷好,比画画有用,多门手艺。金凤也接过去瞧,手指头在画上摸来摸去,那画一点凹凸都没有,倒不像画上去的,像是从那白瓷里长出来的。

金凤说:"画这个有什么用,高家坝又没有瓷厂,你还不如留着钱,以后再买头猪呢。"

陈敬先不说话。金凤说："我们杀了猪，火腿和脖圈肉都给你留着，晚上就煮给你吃。"

第二日，金凤不得不出去赶马。金凤一路心猿意马，怕陈敬先在这乡下待得难过，怕他不习惯，也怕他遭人欺负。心里想着事情，脚下走路就不稳，差点滑了脚落在沟里。可是等金凤晚上回来，却发现陈敬先好好的，正在院坝里坐着瞧两个丫头跳忠字舞。

"你们唱得不对，跑调了。"陈敬先说，"要这么唱。"

两个丫头就跟着唱，还有一群村里的小孩子，都围着一起唱。

瞧见金凤回来，团结和前进立刻叽叽喳喳汇报起来，说今日带着爸爸做了好些事。

"做了什么事呢？"金凤问。

"我们读了课本，重新画了黑板报，还帮几家人写了信。"团结说。

"你没有看见，我爸爸画得特别好，没有一个人不说画得好。"前进说，"你不晓得！"

金凤把马放进圈里，松开了绳索。心里也像是松开了什么绳索，觉得从脚底心有一股暖流汩汩地往上冒。

她怎么会不晓得呢，若是不晓得，怎么会嫁给陈敬先呢。金凤放下心来，觉得陈敬先如此也很好，留在高家坝，也会有事情做，而且是他喜欢的事情。

金凤觉得有许多事情想做。她想立刻把书房打扫一番，把那些柴草木板拿出去，整理好了放在厦子上烧柴。书房要干干净净地打扫出来，再理出一床铺，往后，她跟陈敬先就住那里。金凤想去讨一些报纸，把墙壁好好地糊一糊，多讨一些，多的可以留着让陈敬先练字。

金凤想，屋子距离牛棚太近，冬日还好，夏日总是臭。屋子不能长腿走开，那就种一墙沿的月季花好了。到了夏天，花也开得旺的时候，牛圈再臭，也给花香压过去了。金凤还想，过一阵，还可以去买几只鸡养着。鸡会自己刨食，只要小心不要弄丢了，那就比养猪更容易。等鸡大了，就可以下蛋，不说每天一个，隔几日能给陈敬先煮一个也好，瞧他那模样，比原先还要瘦，背后看去，那瘦高瘦高的简直像个少年。

金凤又想，自己长久赶马也不是一回事，到处跑来跑去，家里都顾不上了，还是应当学习田里的活路，留在家里，就可以留在陈敬先身边。金凤还想，说不定陈敬先可以当个会计，就算不行，说不定也可以做些地里的活，就是不知道他会不会高兴。

金凤想了好多好多事情，越想，就越高兴，心窝里头就越热。日子是越来越好的，有粮食吃，有钱用，有活路干，有丫头，有陈敬先，以后还会有更多的小孩，说不定还会有个儿子。可是高兴着，金凤又想起她的小马来。若是不再赶马，那这小马总是要交到别人手里了，不晓得别个待它会不会如她一般好呢。

"那也没得办法。"金凤想，"各人总是走各人的路，马也是了。"

于是金凤劳动起来，回来就请了假，开始收拾屋。屋子小，摆一张床就十分勉强，再摆不得桌椅。但是那没有关系，金凤想着，往那墙上钉一块木板，陈敬先坐在床上，就能当桌子用了，不耽误读书。这屋跟团结、前进的屋之间没有墙，只有木板隔断开。金凤想，这怕是不隔音，两个丫头吵闹起来，大概会吵到陈敬先睡觉的。

那也没有关系，一家人全都好好活着，全都在一起，比什么都好。

陈敬先和两个丫头瞧着金凤像一只斗鸡，屋里屋外冲进冲出,不晓得她要做什么。等看出来她是在收拾屋子,团结和前进十分不满:"我们要跟爸爸睡的,不要分屋。"

金凤头也不抬,仍旧打扫:"你们大了,不能再跟大人一起睡,这两日你们不挤吗?我都落下铺去了。"

团结和前进又哼又闹,金凤只当听不见。再哼,金凤就骂起来。陈敬先沉默了半天,后来听金凤骂得难听,终于忍不住了似的。

陈敬先说:"莫收了,我以后不住这里。"

金凤说:"两个丫头大了,哪里能一起睡。"

陈敬先说:"我要回去农场的。"

金凤抬起头来,不可思议似的:"你不是放出来了?"

陈敬先说:"是,我现在是农场的生产员,还是要回去的。"

金凤说:"放出来了,凭什么还回去?"

陈敬先叹一口气,说:"信里早就讲过的,你是不是不瞧我的信。"

金凤不解,还觉得委屈。陈敬先的信,她何曾放过一封?哪一封她没有尾着细细听,只恨自己背不下来呢?她隐约记起来好像是有这么一回事,说刑满后就成为生产员，可她哪里晓得做生产员还是在劳改队呢？那跟劳改有什么区别呢？

"那要多久才出来呢？"金凤问。这才刚刚出来，又要回去，那她的等待都是放屁吗？都是牛屎吗？金凤觉得愤怒，仿佛受了很大的欺骗。

"这个就不一定，生产员有假期，假期我就出来了。"陈敬先说。

"一年一回？"金凤问。

"不一定，有事情就可以请假。"陈敬先说。

那还好，没有想的那么坏。反正可以回来，那就当陈敬先是去走马帮了吧，去走很远很远的马道，好在还可以活着回来。金凤眼泪悬在眼泡里，鼓胀胀的像一只病蚕，一碰，就要破了。

"那你多回来，家里头日子也不好过，团结、前进只听你的话，要你回来管。"金凤哽着嗓子说。

"嗯。"陈敬先说。

两个人再没有话讲，金凤不晓得还要不要继续做活，愣了一阵，也无法可想，只得又收拾起来，只是手里头没得力气了。沉默一阵，金凤觉得心里的气仍旧是过不去。

这气不能对陈敬先发,他转眼又要走了。也不能对两个丫头发,发了陈敬先又要来护。当然更不能对陈敬先父亲发了,自打儿子回来,这个老头像是松下了一口气,一瞬间就变得垂垂老矣,坐在门口打瞌睡,像一只要死的秃鹰。

金凤只能对着自己发。于是她骂起来。

金凤说:"什么狗屁里养出来的东西,还当自己是王侯家的小姐,要嫁读书公子?如今嫁一个劳改犯,嫁一个反动派。"

金凤说:"猪狗不如的粪草,嫁了人了,就是把命给了人家,给人拿去吃干抹净,死了也没有人问的。"

金凤说:"上辈子是杀了你老祖公了,是尿在你老祖公坟头了,是烧了你家祖庙,这辈子来偿还。"

金凤说:"命贱啊,我的命贱。"

陈敬先喊着两个丫头,走开去看牛,金凤跪在新摆的床板上死命地擦。这床是旧板子拼的,裹着泥灰和蛛网,一折腾,灰尘就腾地飞舞起来,窗外的阳光照进来,屋子里像是起了好大的雾。金凤在雾里跪着,边擦边骂。

陈敬先父亲坐在屋外晒太阳,什么都不晓得,什么都听不见似的。灰尘呛着他,他就咳几声。陈敬先父亲一声不吭。

水仙是从打糕粑粑的斋姑娘嘴里听说金凤这个人的。别个说:"那个女人不好惹。"

水仙就笑:"怎么个不好惹呢?"

斋姑娘说:"她是女赶马!这年头居然还有女赶马。"

水仙又笑:"我怎么会惹她。"

斋姑娘说:"反正告诉你了。"

水仙并不觉得自己会招惹金凤,毕竟是不相干的两个人。她也不怕招惹了金凤就如何,毕竟自己是从土匪窝里出来的,是死了千百次的人,怕一个女子做什么。

但水仙也对金凤有了些好奇。街子天的时候,她特意来街上瞧金凤,瞧见了,就蹲在远处望一望。她瞧见金凤牵着小马,穿着那赶马人的破衣烂衫,头发乱蓬蓬地堆在头顶,树枝子似的。若是只看脸面,简直分不清是男是女,非得要听她开口讲话了,才听出这是一个女赶马。

金凤声音又尖又脆,跟谁讲话,都像着急要走似的,也像无所谓似的。

"有没得信?"金凤走过来,还在邮电局外就喊,"有没有高家坝的信?有没有我家的?"

走到缝纫社,金凤大声喊:"哪个是惠卿孃孃!有布带来喊你做衣裳!赶忙赶忙!"

缝纫社的惠卿一颠一颠地跑出来,接了布,记了账。金凤在旁边大声喊:"你回去再记啊!耽搁我时间,你们读书人就是麻烦!"

惠卿就笑,说不慌不慌。

金凤走到凉粉摊,对着卖凉粉的二妈喊:"你们城里头的人过得好啊!吃凉粉了!"

卖凉粉的二妈也不是个好脾气的,对着金凤也喊:"你进来吃,老娘亲自喂你!"

金凤就说:"不敢劳你大驾!"

二妈就说:"马锅头的大小姐,你有什么不敢!"

两个人讲着,就笑了,过路的人也跟着笑,水仙远远瞧着,也跟着笑。

有时候金凤会买凉粉,她不当场吃,而是要装起来带走。她的马驮子里装着一只白瓷的钵头,掏出来,装一坨凉粉,照旧放回驮子去。

金凤说:"难得进城,我们再命贱也是要吃凉粉的。"

二妈帮她切好凉粉装上,说:"凉粉贱了,配不上你的高头大马玉钵头!"

金凤说:"今天凉粉确实贱,怎么这么面,怕是昨天的?"

二妈说:"打烂你的嘴壳!老娘的凉粉没有剩下的时候。"

金凤装好了凉粉,过了钱,说:"走了走了!吃稀奇去。"

二妈说:"再不要来了,我给你磕头!"

众人又笑了。水仙也笑,晓得那钵头是陈敬先画的,心里头软了一下。

水仙想问一问金凤的事。给陈敬先写信的时候,她想问一问。伏在陈敬先胸脯上的时候,她也想问一问。

但最终是没有问。

水仙自小认得几个字,如今为了给陈敬先写信,便学得更努力些。她给陈敬先写信,陈敬先一封不落地回她,还不时寄来些杯盘碗盏,说是他自己画的,请水仙鉴赏。陈敬先在劳改队,虽然成了生产员,已经不能再算劳改犯,但来往的信件农场仍旧是要先检查一遍的。水仙每次收到信,都是被拆开过的模样,想必陈敬先也是如此。两个人的信于是写得轻巧,也不署名,只讲些日常话也就是了。

水仙的信这样说:"嫩苞谷可以吃了,但是要粮票去换,又不饱肚肠,舍不得吃。我今日下决心换了几个,又磨成了浆,打了粑粑,吃着很甜,像是吃糖。"

等陈敬先来信的时候,里头就夹了粮票。水仙晓得陈敬先一月有三十斤粮票,一个大男人怕是刚刚够吃。但陈敬先信里说:"我如今身子健壮,工作也省力。粮票总用不完,寄予卿卿,只管吃饱,莫想着节省,反是浪费。"

水仙的信里这样说:"我以前最恨打鹰山,现如今瞧着北头,望见打鹰山,倒是觉得好了。"

等陈敬先来信的时候,里头就夹了张小纸,画了火柴盒一般大的一幅小画,画上是一树杏花,一条清溪。陈敬先信里说:"卿卿莫念过往,只望前路。前路美好,如春夜杏花盛开。"

水仙的信里这样说："第一次见你的时候还小,后来还怕你认不得我,好在你是认得的。"

陈敬先再来信的时候,里头夹了张干的红叶,上面写着"困顿之交,终生不忘"。

陈敬先晓得水仙读书少,写信向来简单,好让水仙看懂,但有时候水仙仍然是看不懂。看不懂也没有办法,也不敢拿给别个去帮忙看。水仙仔仔细细地把信叠好,收进一个铁盒,铁盒塞到枕套里。各样瓷器她拿来用,用不上的就当作摆设,摆在屋里。

水仙跟陈敬先的事情,唯一晓得的人是打糕粑粑的斋姑娘。她心里头觉得不妥,却也不愿意说给别人去造口业,就只是劝水仙:"这个人不好啊!坐过牢啊,何况他还有家人,怎么就跟你好呢。"

水仙说:"我晓得他不好!你放心,我也不是真心。"

斋姑娘说:"那你图什么,这价胡闹。"

水仙说:"他给我寄粮票,不吃白不吃。"

斋姑娘说:"那你还他什么?"

水仙说:"还个屁,他也不是真心。"

斋姑娘说:"你晓得他不真心?"

水仙说:"只是因为他当年在打鹰山上可怜过我,如今也是可怜我罢了。"

斋姑娘叹一口气:"你比我会讲,我不晓得怎么说。"

水仙说:"不吃白不吃,他愿意上这个当,就是天意。"

斋姑娘说:"你骗我就骗我,莫骗你个人。"

水仙跟陈敬先重遇的第一年,陈敬先就偷着回来瞧了水仙两次。

一次是金凤托人写信去,说陈敬先父亲怕是不好,喊他回来瞧。陈敬先拿信请了假,但还是没撑上瞧父亲最后一眼。住了三日,送了父亲上山,上的也不是祖坟,只是在高家坝后头的山上一埋就了事。金凤跟陈敬先讲起往日开玩笑,老头子还说棺材板子冲出来给孙女匍着游水,可见老头子心宽,不是怕死的人。金凤是想宽慰陈敬先,陈敬先却不笑,说我们是有礼的人家,这种混账玩笑莫要开了。

其实陈敬先的假期还有,但他说是没有了,回了沧城来,趁着黑去找了水仙。水仙住的房子还有别家住着,两人怕给人听见，都不敢讲话。

倒也好，即便没有别家挨着，也不晓得说什么好，反倒尴尬。

两个人起先点了灯的，后来觉得一直亮着叫人注意，就把灯熄了，只在黑暗中对着瞧。一直到后半夜，沧城安静得像一口井了，水仙小声说："别个都睡了，你在我这里歇了吧。"

陈敬先也说话，却发现这么久的沉默堵塞了喉咙。他清一清嗓子，说："我不是特意来麻烦你，我父亲不在了，这次是回来办他后事。"

"哦。"水仙说。长久的沉默后，水仙又说："节哀。"

陈敬先愣了。这个小女子就这么一句话，让他觉得有些荒凉，也觉得往日那些信里情浓，是不是都是假的。但他又想，这不能怪水仙。如果他是水仙，又能说什么呢，大概也就是这么一句：节哀。

陈敬先说："他年纪是大了，生老病死罢了，可惜的是回不来沧城了，无法落叶归根。"

水仙又不说话。她瞧着陈敬先，他比当年在打鹰山见着的时候瘦得多了，背有些佝着，显得人也矮了点。

屋里头黑洞洞的,只有各样瓷器反射着淡淡的白光,像月光。水仙瞧不清陈敬先的脸,只觉得他与当年很不同了。水仙想起那时候,他明明是走马帮呢,却像个小孩子一样不晓得忧愁,也不晓得着急,遇着好玩的就去玩。

水仙说:"你在信里头说那多话,如今见着我就不说,是不是我难看了?"

陈敬先说:"你也不说话,我还当是我丑了。"

两个人就笑起来。这一笑,好似空气里的冰雪就融了。

深夜,水仙在陈敬先旁边睡下。陈敬先只脱了外套,木木地躺着。水仙想起来那许多年前,他两个也是这样木木地躺在一起的,陈敬先也是这般,衣衫裹得紧实。两个人都晓得对方没有睡着,却都假装睡着了。

挺了半晌,水仙挺得脖颈僵硬,听着屋子里安静,陈敬先一点声音都没有,怕不是死了?水仙于是伸手去探陈敬先的呼吸,却摸得一手湿,才晓得陈敬先一脸是泪。

水仙赶忙摸摸陈敬先的脸,像摸一只受伤的小兽,或是阖上什么死掉的牲畜仍旧瞪着的眼。陈敬先感受到那温柔,便一头埋在水仙的肩膀上。水仙感觉到这个男人哭得颤抖,像是压抑了很久很久的委屈,大概是哭父亲,也可能是哭他自己。水仙便叹息了，想起了她的小白羊，想起那个未曾出生的孩子，想起自己的父亲，也想起她的妹妹。一瞬间，所有这些她曾疼爱过的魂灵都像是注入了陈敬先的身体。水仙像母亲那样紧紧搂住陈敬先，轻轻拍打着陈敬先的后背，感觉到陈敬先的眼泪洇湿了她的衣裳，洇进了她的身体，也洇入了她的魂灵，几乎把她淹没了。

过了好久，陈敬先自嘲一般小声说："叫你笑话了。"

陈敬先说："在打鹰山见着你，你是一个囚徒。如今反过来，我是一个囚徒。"

水仙叹道："活在这世上的，谁不是个囚徒呢。你父亲倒是好，如今干净了。"

陈敬先像一个小孩子一般安静地听着，不时发出一声压抑不住的哽咽。水仙想要安慰他，又不知如何是好，想了一想，便坐起来，脱掉背心和衬裤，又来拉扯陈敬先的衣裳。

陈敬先呆愣着，不晓得水仙要做什么。也可能晓得，但仍然是吓着了。

"你先前不碰我，如今你也娶妻了，懂得人事的，想碰就碰吧。"水仙说着,把陈敬先的衣裳往脖子处扯。

陈敬先身子颤抖,赶忙坐起来按住:"不可以的。"

水仙说:"为什么?因为你娶妻了?"

陈敬先慌乱地说:"不是不是。"

水仙说:"那你不想要我?"

陈敬先更是慌乱,摇起头来。

水仙赤裸着瞧着陈敬先,陈敬先说:"我不是这种小人,不可乘人之危。"

水仙笑起来:"现在你才是劳改犯,我是好好的,你怎么乘人之危?要乘人之危,也是我乘人之危。"

陈敬先低下头去:"我也不想叫你可怜我。"

水仙说:"那你可怜可怜我吧。"

陈敬先坐在黑暗里,瞧着水仙两个眼睛通亮,像是自己发出光来似的。像一只野兽,也像一只妖鬼。陈敬先心跳如鼓,大口喘气,任由水仙脱掉了他的衣裳。

不晓得为什么,陈敬先突然想起那些旧时听的故事来。有赶考的书生遇上狐鬼,被吃了精魄;也有花妖引诱男人,用男人精气做养料,男人越是虚亏,花开得越是蓬勃;还有大蛇成精与男子成亲的,老鼠化作美人的。

陈敬先幼时听这些故事，只觉得荒诞迷信，如今却理解了。陈敬先想着，妖鬼又如何，自己毕竟帮过她，即便真是妖鬼，也是来报恩的。人世艰难如此，得过且过，得一时高兴，不如就撒开了手，享一时高兴罢。

过了几个月，金凤又托人写信，说丫头生病，家事无人料理，喊陈敬先请假回去。陈敬先果然又请了假，也寄了钱和粮票到高家坝，自己却并未回家，仍是回了沧城找水仙。

那之后，陈敬先一年总要回沧城一趟。秋收假期，他腾一半时间在高家坝，一半时间在沧城。平日里寻了机会，也是要回来的。

沧城人多眼杂，又大都熟悉，陈敬先不敢白日里走进去，只能趁着黑天。白日里，陈敬先躲在水仙的屋，读书写字，倒也无人察觉。到了黑夜，两个人却常常起了玩兴，偷摸跑出去胡闹。有时候在田坝里，有时候在城外树林。有一回两个人在收获后的稻田里滚，也不顾戳得刺痒，陈敬先用稻秆子铺出厚厚软软一层铺盖，把水仙放上去。

水仙躺在稻秆上,身子底下是死掉的植物留下的残躯,发出被折断的咯吱声。稻秆似乎还带点水汽,植物汁水爆开的清甜气息钻进水仙的鼻子里。水仙抱住满头大汗的陈敬先,望着眼前深蓝色点缀了闪烁繁星的天幕,一时间竟恍惚起来,不晓得自己在哪里,仿佛回到了打鹰山,回到了树林和草甸,回到了云层之上。黑老鸹大群大群地飞来,云翳般盘旋。风像唱戏似的,卷起遍地尘烟。水仙尖叫起来,觉得自己重新与大地长在一起,长成了一只天生地养的动物。

乌鸦散了,风也散了,两个人并排躺在田里嘻嘻地笑。夜空像一块幕布,低低地垂下来,越垂越近,近到鼻子尖上了。突然旁边传来响动,陈敬先只当是有人来了,吓得僵住。还未及反应,听见水仙说:"你是哪家的?往那头去吧,那头有耗子。"

陈敬先赶忙坐起来,瞧见一个东西的尾巴飞快地钻进草棵子,沿着田埂跑走了,不晓得是黄鼠狼,还是狸子或是野猫。

陈敬先说:"吓死我了,我以为有人。"

水仙说:"它也吓死了,是真的有人。"

陈敬先笑："你怎么晓得呢。"

水仙说："我是它长辈，它奶奶与我旧相识。"

陈敬先听着，觉得这个女人实在有趣，身上带着来自山野的活泼，像书里的山鬼。细细想来，她也没有什么好处，不通诗书，也不懂规矩礼教，还喜欢胡说八道，就算当年从山上带下她来，也不能成亲的。可偏偏就是这么一个女人，居然让人着迷至此。

陈敬先这么想着，却说服了自己：总看好处的恩情，就不是真的恩情。真正的恩情大概就是如此，也不看她有没有好处，也不看她是不是好人。

陈敬先不是没有想过，水仙为何要冒着这么大的危险，跟他一个没有公民身份的生产员偷情。可能是想要钱吧，可能是想要粮票。但话说回来，水仙无亲无故，吃得了多少粮食？她养得活她自己。总不能是水仙自己生性淫浪吧？陈敬先不相信生性淫浪的女人会有那么亮的一对眼睛。想来想去，陈敬先想这个女人身上确有隐秘的放荡，更奇妙的是这放荡只对着他自己。

那原因就只能是打鹰山了，打鹰山让陈敬先对水仙有恩。陈敬先相信，当初那几夜温暖，那几顿饱餐，那一树杏花,足以叫人无所顾忌,叫人舍生忘死,叫人生可以死,死可以生。

一年又一年,两个人就这么把日子偷着过。一年到头紧赶慢赶,好似只为了等下一个秋天,再下一个秋天。陈敬先给水仙写信寄钱,从不告诉水仙说自己为此节衣缩食,甚至将一日三餐缩成了两餐。陈敬先只是说,如今工厂里设备又进步了,能做更好的碗碟了,但再好的碗碟要有灵气,也要靠他的一支笔。陈敬先说,现在他是师傅,手下带了十来号徒弟,都对他尊重得很,日常供应也不缺。陈敬先说,在这江边,能看见一年四季的水色,他瞧着水啊,心里头就知道要如何画。

在陈敬先心里,水仙是不能忧愁的。忧愁的事情,不该说给水仙听,说了她也不能懂,反会伤害那双小兽一般的眼睛。他自觉像一个父亲,想要把所有美好的事物给水仙,把水仙捧在手心里,揣在怀窝里。

陈敬先所谓"美好"的事物,绝不是钱和粮票,而是他的心、他的情意,还有他的画。陈敬先开始画瓷的时候,只能听命于人,别个叫他画什么,他只能画什么。

后来他画的瓷器出彩,叫许多干部夸赞了,农场便不再如何辖制他,反是叫他放开了画。于是陈敬先便拾起了生疏多年的技艺,花鸟虫鱼,楼台山水,孩童美人。

当陈敬先画孩童的时候,他想象孩童的母亲,是水仙。当陈敬先画花果的时候,他想象那双摘来花果的手,是水仙。当陈敬先画美人的时候,每一个美人都有着水仙的脸。当陈敬先画山水的时候,山水间总藏着一丛水仙。

陈敬先无所不画,他笔下无处不是水仙。当他想起水仙,他就想起了打鹰山的蒙蒙大雾,想起了沧城广袤的田野,还有晨露流岚,晚霞明月。

至于那些不够好的事,那些贫瘠和缺乏,陈敬先写信告诉金凤。他知道自己从没有像喜爱水仙那般喜爱金凤,但自觉是个负责任的丈夫和父亲。他从牙缝里省出的粮票,一半给水仙,另一半必定是给金凤。他把自己当成作品献给水仙,但这些作品得来的额外奖励,必定是给了金凤的。

陈敬先就这样把自己劈成了两半,一半是劳改队的生产员,忍受着贫穷和羞辱,为妻儿的生计千辛万苦,一日比一日长出皱纹。另一半是走向打鹰山的少年,才华横溢,手握挎刀,可于风雪之中救人一命。

陈敬先甚至觉得,这样的日子是好的。他不能想象如果有一天,他成为一个普通人,回到人群中去,那要怎么样。到时候他非得在水仙和金凤之间选一个不可,要么心里痛快着粉身碎骨,要么平静安稳地像一株植物那样死去。

醒着的时候,陈敬先决定不去思考这件事。但在梦中,他常常面对如此境地。在陈敬先的梦里,常常左边是狼右边是虎,或左边是落石右边是悬崖,叫他不晓得如何是好。吓醒过来,陈敬先也晓得这梦从何而来,只得劝自己:罢了罢了,皇帝老爷也不见得有人待他真心。这辈子有两个女人如此死心塌地,也算是值了。

我小的时候,曾经听驿马巷的邻居们讲闲话,讲起仙婆子的污糟事。有说她胆子大不要命的,也有说她可怜的,一辈子总要得点好处,不然怎么活下去呢。

其实哪怕在很多年以后,仙婆子年纪已经很大了,甚至于已经死了,但当我想起她的时候,仍然是我小时候见到的她的样子。那时候她六十来岁,面皮子还是白净的，不像许多沧城老太婆那样一脸斑点。她常穿黑底碎花或白底碎花的的确良衬衣，领子卷着荷叶边，看着细瘦，但是也干净，也挺直。她待我们小孩子不怎么好，也不怎么亲切，跟我们说话，就像跟大人说话一样，但她的酒很好喝。有时候我们跟着大人出去，在她店门口讲话，一讲讲好久，小孩子不耐烦，要么扯着大人非要走，要么在地上滚。仙婆子就把我们领进去，说是吃糖，其实悄悄给我们倒一小杯果子酒。大人不准我们吃酒，说小孩子吃酒会变憨包。可我们看仙婆子神神秘秘给酒吃，就兴奋得很，仿佛因此就在大人的世界里有了一个秘密。有时候是梅子酒，香得要命；有时候是葡萄酒或桑果酒，甜甜的，好喝得很。小孩子喝了就发梦，脑壳里头自己放图画。这样一来，任凭大人要在那里讲多久的闲话，倒多久的是非，我们也不再闹了。

而陈敬先呢，是一位老先生。在我印象里，沧城过年前要组织一大堆先生在十字街给大家免费写春联，画门芯，这时他就出来了。有时候有人家办红白喜事，也请他帮忙写对联，或是记账。他好似从来不笑，总是紧紧地蹙眉，头发有些稀疏，也有些白了。他穿的总是半旧的中山装，哪怕是夏日也不会只穿衬衫就出门。别个说，他以前劳改，在沧城的瓷厂是了不起的师傅，或者说是大师吧，一直画了好多年，画了好多了不起的艺术品，现如今有些还摆在博物馆呢。后来他身份给恢复时，年纪也大了，带着家人回到沧城，就在文化馆上班，个个都喊他"陈老师"。我小时候县庆，沧城要搞一台子很热闹的活动，请了好多领导，还来了两个小明星，唱歌唱得多好的。那舞台上巨大的背景画就是陈敬先领着他的徒弟们，一起熬了好多天画出来的。

每隔几日，陈敬先都去仙婆子的药铺抓药，但除此之外两个人也不说什么。他家的菜，向来都是他老婆金凤在买，但他常常找仙婆子买药炖肉吃，有时候是当归，有时候是天麻。冬天他还买新鲜的草乌，黑漆漆的像乌鸦被砍断的脑壳，一个个都杵着嘴。有人说："陈老师，这个怕是不敢随便吃。"陈敬先还没有讲话，仙婆子就说："你照着我讲的方法煮，绝对吃不死，吃死了你找我。"

人家说："吃死了就找不成你了。"

大家就笑，仙婆子也笑。总之就是沧城最常见的老人们一起讲话的样子，安安心心的，热热闹闹的。这两个人的事情，就只是"闲话"，偶尔给人讲一讲罢了。

但我妈说，之前有人抓搞破鞋的，差点给他们抓了去。不过这些事都已经过去了，我们这一辈的小孩都不会晓得的。

话是这样说的。那阵子全国严打，沧城虽然是滇西北群山之间的小县城，也跟上了全国的步子，什么欺行霸市的、拦路打劫的、坑蒙拐骗的，全都被抓起来收拾。那时候的客运站就在十字街附近，每天都能瞧见有坏人被手铐铐在杆子上。坏人铐成一排，到了傍晚，警察就一个挨一个地撵着他们离开，像撵猪似的。

耍流氓的，搞破鞋的，也有人举报。就有人举报说仙婆子搞破鞋，搞破鞋好多年了。

跟谁搞的？跟文化馆的陈敬先。

别个说，陈老师怎么搞破鞋，人家多好的人。

举报的说，什么陈老师，就是个污糟人。

别个就说，你咬人之前，还是想想报应吧。

举报的人说，陈敬先一早就跟仙婆子不清白，他是国家干部，跟这样一个封建迷信的死老太婆乱搞，应该被抓起来。

别个问，证据呢？你看见他们乱搞的？

举报的人说：现如今是没有证据，但老早以前他们肯定搞过破鞋。这么多年仙婆子所用的杯盘碗盏，都是陈敬先画的，都有他的印。瓷厂的东西以往都要专门采购，仙婆子从不出沧城，她是从哪里弄来的呢？不就是姘头送的？

虽然搞破鞋的事情，放在哪个时候都不会少的，但随便什么时候发生了，大家还是喜闻乐见，细细来讲，一定要从中总结出什么道理来，好回家去实践，提防同等事情也发生在自己家。

有人说，这肯定是真的："你们瞧瞧陈老师他老婆，一点女人样子都没有。不是我说，虽然仙婆子也不是个好人模样，但在她们两个女人中间选，哪个男的选那黑老雕啊？"

众人啧啧称是。

立刻有人跳出来反对，说不管是多早前的事，那都不可能，因为陈老师跟他老婆感情好得很。反对的人是邮局一个老职工，他把胸脯拍得嘭嘭响，打包票说绝对没有那烂事："当年陈老师跟他老婆的信，都是过我的手，过我的眼！陈老师对他老婆的好，你们一个都比不过！"

众人又啧啧称赞。

关于这件事的细节，有两个说法，都是关于陈敬先的老婆金凤。有一个说法是这样的，金凤是一个相当难缠的老婆娘，按理来说，别个举报她男人搞破鞋，她应当第一个发怒才对。没想到，金凤确实发怒，怒的却是举报的人，说人家见不得她家日子好过，什么脏口流涎都咬过来了。

金凤是个女赶马，赶马人讲起话来没有礼节。陈敬先画了多少年瓷器，金凤就走了多少年马道。陈敬先越画越像个古代的君子，而金凤越走马道越像个粗鲁野人，见了人也不管认不认识，就要跟别个讲话。讲起话来也不管人家是泥脚杆还是没出阁的小丫头，满嘴污言秽语，不骂人就讲不下去似的。

遇着这样的金凤发怒，举报人自然是被骂得狗血淋头。举报人不服气，说他们这么多年不清白，一直有人猜。

金凤说："他是什么人我不晓得？老子天天跟他睡一个铺，比不上你一个狗养出来的明白？"

举报人说:"你不信就去问仙婆子,她敢不承认,就天打雷劈。"

金凤说:"问就问,问着不是,你就祖坟漏雨,天打雷劈!"

于是一群人簇拥着金凤去问仙婆子。金凤煞气腾腾,要债似的。到了仙婆子药铺门口,一群人谁都不敢先进,怕打起架来,瓶瓶罐罐乱丢,砸了头带了灾,就倒霉了。

金凤说:"怕个卵,你们站在外面,等我进去问她。"

一进仙婆子的门,望见仙婆子在那里泡酒。大颗大颗的块菌,水仙细细地擦干了,放进酒瓶子里。

一见金凤,水仙就笑,说:"金凤。"

金凤说:"你晓得我啊?"

仙婆子说:"晓得啊,你吃茶不吃?"

金凤说:"不吃了,敬先讲我的啊?"

仙婆子说:"我瞧见你多少回了,何消他讲。吃一碗嘛,我的药茶,吃了好睡觉。"

金凤于是松一口气,又好像有点失落似的。她瞧着跟前这个仙婆子,年岁怕是差不多大,但是身子直苗苗的,不像她粗壮焦黑,走起路来罗圈腿,有点瘸似的。

金凤接过药茶，吃了一口说："他不讲我啊？"

仙婆子说："我没有问。"

那就没有事情了，仙婆子跟陈敬先肯定没有关系。金凤说要回家去，又想起什么，问仙婆子说："那你怎么晓得我呢？"

仙婆子说："别个都说我偷你男人，我怎么会不晓得你。这茶香不香？"

金凤说："茶什么茶，你倒是胆子大，我还没有讲呢，你倒是敢提。"

仙婆子说："我怕什么呢，你是好好的人。"

金凤于是讲不出话，她那么一个平日里跟谁骂架都不输的女赶马，此时倒是好端端的，干脆跟水仙一起用布擦块菌，帮着水仙放在瓶子里。

水仙说："你莫恨他，就算我跟他搞破鞋，那也是我的过错。他是给我钱的，跟你不一样。"

金凤说："你不要讲了。我恨不恨他，跟你也没得关系。"

外面等着一圈人，都等着瞧热闹，什么都没有瞧见，只听见两个女人安安生生，细细碎碎地讲话，反倒是莫名其妙了。过路的问他们在瞧什么,他们说:"没有瞧什么。"

一瓶子块菌酒泡完,金凤出来了。别个问她:"是不是真的?"

金凤说:"真你妈的脚啊。"

别个说:"我们也是听别个讲的。"

金凤说:"讲个屌,真的我会放过她?"

那倒是,一群人于是散了。

既然有人举报,也就真有人来调查一番。但连金凤自己都拍着胸脯说绝对没有,又有那邮政局的老职工做证人,指天指地帮忙担保,调查也就只能稀里糊涂的。最后就说,有没有的都只是人家私事,达不到破坏社会治安的程度。再说了,那都多早的事了,不必太过计较。举报人咬牙切齿,说他们如果没有偷情,那仙婆子肯定做过皮肉生意,给个杯子盘子,她就陪男人睡。说仙婆子是个伢子出身,被不知道多少男人搞过,做皮肉生意也是说得通。

仙婆子还有人讲一讲,而陈敬先没有什么事了,再也没人讲他。女的做皮肉生意关男的什么事,那是她自己堕落，不好牵扯上陈老师。

事情就这么过去了。仙婆子仍旧在东街卖她的草药，卖她的金银纸锞子。陈敬先仍旧每日把门关上搞他的文化。每隔一阵，他仍旧去仙婆子铺子里买药，别个遇着，他就讲各种药膳如何炖煮吃了对身体好。

但这件事还有另一个说法，说这只是两个女人演戏，好保住她们的陈敬先，说金凤早八百年就知道这件事了。

她知道了还不把仙婆子活吃了啊？

那谁晓得了。

在这另一个说法的故事里，我们要先回到过去。

在这个说法里，先晓得对方的人不是水仙，而是金凤。逢三逢八，金凤就要到沧城去，把高家坝的信送到邮电局，然后把高家坝的信又带回去。她是不识字的，向来只能请别个挑拣了信递给她。但是有一日不晓得为什么，她突然认出信堆里还有一封信，是陈敬先的字迹。

她一个字也不认识，但陈敬先的字她相信自己一定认识，绝不会错的。

金凤拿起信，问别个："这个信也是高家坝的吧？"

别个说:"不是。"

金凤没有说什么,却留了个心眼。趁着别个不当心,金凤把信揣在怀窝里。

出了邮电局,金凤怀窝里像揣着一块火炭。她牵着马,去了缝纫社,去了百货公司,去了十字街,买了凉粉。把该做的事情全部做完,再没有别的事了,金凤仍旧不回高家坝。

自打陈敬先劳改,往日的亲朋几乎都断了联系,这陈敬先写信给谁呢?莫非沧城还有不避嫌的亲朋,仍旧跟他写信?

金凤晓得偷信不好,但陈敬先瞒着自己跟别个写信难道就好了吗?

想来想去,金凤给自己找了个借口:"我须得晓得跟他写信的人是谁,以后也好多一个照应,也好对人家有个感激。"她把信封小心翼翼撕开,拿着里头的信又到了邮电局。

金凤找一个上班的,对着人家坐下来,掏出信。

"这是我男人写的信。"金凤说,"你帮我念一念。"

上班的接过去:"怎么不请你爹念了?"

金凤说:"他身上不好,我先听一听。"

上班的就念:"卿卿——"没有念完,上班的就笑。

金凤说:"你笑什么?什么青青?"

上班的说:"这种信你叫我念,你不害羞,我还害羞呢。"

念完了信,金凤谢过上班的,仍旧出来。她盯着信封上的地址和名字,盯了又盯,瞧了又瞧。这些字她不认识,但像是要把这些字硬刻在脑壳里。瞧了半天,金凤又把信悄悄塞回去,指头碾碎了一点凉粉,把信封勉强封上。她在街上转转悠悠,转了半日,遇着个戴眼镜看着像识字的,叫人家跟她讲信封上的地址,说是信拿错了,不是高家坝的,她现在要帮忙给送回去。

找着地方,一个房住的邻居跟金凤指了门。门没有上锁,金凤说要送信,推门就进。

没有人,水仙不在家,金凤一时就愣怔在那里。

自打听到信里的话开始,金凤的心像从云端往下坠,听见风的呼呼声,坠得她心果往喉咙冲,坠得她不知今夕何夕,眼前只有一个模模糊糊、天崩地裂的影。哪里有什么不避嫌的亲朋,哪里有什么照应?如今只有一个女妖精吐着信子，尾巴从陈敬先嘴里伸进去，像是要掏他的心，而陈敬先竟然用金凤从未听过的名字去称呼她：卿卿。

而自己竟然对此一无所知。竟然还在那深山之间牵着马，竟然还慢慢悠悠地走路，还在想着如何多苦一分钱，多种一分地。还在想着叫两个女儿多学几个字，叫老头多吃一口饭，好让陈敬先高兴。

金凤要发疯，要发怒，要发狂。管那女子是什么人，金凤要把所有对这世上的仇恨都淬进自己的牙齿和指甲，去咬断她的脖子，去扯断她的肠子，去放干她的血，去砸了她的魂魄，去要了她的命。

叫她不能超生，叫她魂飞魄散，叫她余生想起这一刻都害怕，叫她的魂灵到地下去讲冤情吧，讲她遭受了多大的磨难。

金凤是一个女赶马，女赶马怕什么？赶马的人九座大山一脚踏，九条江河一口吞。赶马的人，面对山崩都不怕，面对狮虎都不怕。

可她是一个女赶马，赶马人最懂得人心的道理。可怕的从来不是要谁的命，可怕的是要了心。

金凤想去举报，但立刻又按下了。她晓得这么做这女子就完了，但同样完了的，还有她的陈敬先。那女子会不会被浸猪笼先不管，陈敬先也许就再也回不来了。

这是凭什么呢。

金凤想，她也可以跪下来，跪下来求那女子，求她放过陈敬先，放过自己。金凤不只是个赶马人，也是一个女人，她可以流眼泪的，可以号哭，跟那女子好好讲讲自己的不容易，讲讲自己是如何年少时就认识的陈敬先，与陈敬先有着不能放下的情意，讲讲她为陈敬先生过孩子，生过两个孩子，为他父亲养老送终，为他熬干了半条命。她甚至可以打自己的脸，一直打到那女子满意，只求人家手下留情。

求求你，金凤这么想着，敬先是个读书人，他不懂事。

我家敬先对不起你。金凤想，他造了孽，我帮他补，只求求你把他还给我。

你要什么，我都给。金凤还这么想，往后我们家的口粮分给你，钱也分给你。

求求你，不要让他再犯错，他已经是犯过错的人了。金凤想着，眼泪淌了一脸。

但是水仙不在，这一切想象中的对峙，都像一块巨石，往深渊落去，一点声响也没有就消失了。金凤泪眼蒙眬，好不容易擦干了眼泪，好好瞧一瞧这女子的屋子，金凤瞧见了自己的另一个家。

这个家里的陈设跟她家一样寒凉，但是摆着各样的杯子碟子，上面的画，金凤那么熟悉。每一幅画，都是陈敬先画的，每一个杯碟，都是陈敬先亲手拿过的。

金凤想起门外自己的马驮子里，也有这样一个钵头，上面也有陈敬先的画。她心里爱这钵头，但凡出来赶马都要带上，用它吃饭喝水，就跟陈敬先陪着一般。她只是不晓得，原来这钵头并非只为她带，也给别人带，这个别人，还被喊作卿卿。

金凤瞧见那些杯碟被安安稳稳地放在那里，每一个都干干净净，每一个下面，都垫了小巧的布垫，瞧得出是费了心的手工。就跟这些杯碟不是吃喝用的，倒是观赏用的一般。金凤瞧见一个盘子被竖起来，底下是简陋的木条搭的架子，盘子上画着青色鲤鱼。还有一个瓷瓶里灌了水，搁着一枝铁线莲。铁线莲也不是什么艳丽的花，放在这瓶子里，显得宁静，显得好看。金凤又落下泪来。

所有先前想的大吵大闹，所有咬在牙间的辱骂和抿在舌间的恳求都不晓得什么时候烟消云散。

金凤几乎羞惭了。陈敬先给她的钵头，她倒没有这般对待。日日拿去装水装饭，大概也是糟蹋了。

金凤泄了气，感觉手脚绵软，背上出了一层虚汗。她脱了力，但还是小心地回转身，拉上门。金凤又找了邻居，说收信人不在，帮忙把信转一下吧。

如果不是因为陈敬先坐牢。如果不是因为她一家去了高家坝。如果不是因为她做了女赶马，她原本也可以这样好好对待陈敬先的每一个碗碟的。

金凤这么想着，不再做什么。赶着马，金凤回到她的高家坝。

从那以后，金凤听了许多许多的信。尤其是在陈敬先父亲过世以后，金凤便都来求着邮电局上班的人帮她念。有时候有一封信，有时候有两封，邮电局的人念得哈哈大笑。

"你家男人怎么这么好笑，差不多的事情，还讲两遍。"邮电局的人说。

"一封单给我的,一封还要给娃娃看,他要有分别的。"金凤说。

"那也是,你男人真是心细。"邮电局的人说,"要不是字一样,我都怀疑不是一个人写的。"

"他是心细。"金凤说着就笑。

邮电局的人说:"他对你有情有义,难怪你这样苦着等他。"

金凤说:"无法了,是我自己选的人,自当待他好一点。"

邮电局的人就点头,心里头也感动,推己及人,自己待媳妇就不够好。想来想去,越发觉得愧对了媳妇,自己媳妇明明比金凤漂亮呢。下了班,邮电局的人就去百货公司,买了几个好看的纽扣。回家的路上,再买一块豆腐,交给他的媳妇。

金凤自己也觉得很惊讶,除去听到第一封信时的震动,后来再听这些信,心里头竟然没有什么愤怒。

金凤的心跟着信走,跟着信快乐或是悲伤。信里说到一树杏花,金凤想起陈敬先带她看过的那杏花,仔细想来,果然是美。信里说到冬日的金沙江,蓝得像新染的布，像雨后的天幕，金凤就想起自己赶马的时候，也瞧过这样的景象。金凤想，他怎么这么会讲呢？若是叫我来说，我只会说，好蓝好蓝。

信上说："卿卿身边没有我，日子过得苦。"金凤想，是的，是这样。

信上说："我自知卑微，且是犯过错的人，竟有幸蒙卿垂爱。"金凤想，是的，是这样。

信上说："我心之所想，卿卿必定明白，但愿人长久，千里共婵娟。"金凤想，好的，好的，会是这样的。

金凤有时候觉得，自己像一个彻头彻尾的旁观者，旁观一场她没有加入的爱情。但更多时候，她却糊涂了，感觉那些信就是写给自己的。哪里会有别人比她更懂得陈敬先？哪里会有别人愿意如此等待他，如此珍贵他，如此爱他呢？

这世道是多么凉薄啊，没有别人了，再没有别人了。

可是这信一直来。

金凤原本也想过，这是两个人萍水相逢，胡闹一气，那么就罢了，装不知道罢了。没想到一年年春秋，信一直来，便说明那个叫水仙的女子，竟也一直在等。

这倒是叫金凤生出了许多感慨。

虽然有时候她也听不懂信里写的到底是什么，但金凤发现了，陈敬先这个王八蛋，写给水仙的信，跟写往家里的信是不同的。在写往家的信里，他像一块石头一样硬。但在给水仙的信里，他倒像一条流水了，活泼着，跳着，流淌着，是一个她没有见过的陈敬先。

这样也好啊。金凤想，这样也好，好歹有个人，能叫他开心些。

走在沧城街上，金凤见过好几次水仙。水仙不看她，大概也不认识她，更不会晓得有另一个女人已经知晓了她的全部。金凤偷偷瞧她，也听人讲过她是伢子的闲话。每次遇着水仙在，金凤就格外大声讲话，显得什么也不怕，显得她是富有的，是美满的，是打不死的。

金凤说不清这是为什么。水仙跟别个一起讲话，一起笑，金凤看见就想，就是这个人啊，瘦瘦的，可可怜怜的，是陈敬先正在喜欢的人。

金凤没有办法说服自己也喜欢她，但金凤觉得，自己好像不恨了。那么，也就罢了吧，也就装不知道，人世如此艰难，就如此罢了。

陈敬先退休以后,到他死之前的那些年,过得是很舒服的。原本他是个劳改犯,但是运气好恢复了身份,又在文化馆工作了那些年,就拿起了退休金。沧城人大多是土里刨食,年轻的时候养下孩子来,老了跟着孩子吃,总是免不了要受气。像陈敬先这样吃国库粮的人,到哪里都体面,到哪里都得尊敬,沧城人很羡慕他。

团结和前进读书不是很成器,但也都算运气好,找的男人也都稳妥。一个跟着男人去了别市;一个留在沧城,也不多事。陈敬先跟金凤家原本的老房子没有拿回来,但是国家给他分了一处屋,在西街的街面上。有一年下大冰雹,打烂了好多沧城的房子,听说乡下还有马给打死了一匹。冰雹过后,大家就开始建新房子,陈敬先家也建了新房子,很漂亮的两层楼。

别人家起新房子,都是起砖房了,高高地盖上去,四层五层六层,就跟小孩子搭积木似的,地方越小,起得越高,一座座房子瘦瘦高高,站不稳似的。起完了还不算,还要在顶上用铁板或是胶合板再搭两间,也不晓得怎么住。大家都希望能把屋出租给外乡人,或是租给来做工的乡下人，也不管合不合规、安不安全了。但陈敬先家大概是人少住不了那许多，又不缺钱花，也可能是他确实是文化人讲究好看，房子只起了两层就不起了。明明也是砖房，但还盖了瓦片的顶，用木头蒙了面，看着像老画里的阁楼似的。

地方本来不大，陈敬先还留了很小的一个院子出来，在里面种竹子和梅花。听说也种过杏花，只是后来死了，也就罢了。

沧城人尊敬陈敬先，尤其是他年纪大了以后，还做许多好事。除了过年过节帮大家写对联画门芯，他还每年定期给沧城的小学校捐钱。倒是也不多，学校就拿出来发奖励，奖给考试第一名的小孩子。

而他的老婆金凤，就不大招人喜欢了。自从回到沧城，金凤不再赶马，但赶马时的德行大概是留在她身上去不掉了。金凤人长得矮，走路罗圈腿，总是摇摇摆摆仿佛瘸着，穿衣裳也不讲究，哪怕是新做的衣裳穿着，也像穿着赶马的皮夹一般邋里邋遢，跟陈敬先站在一起，倒不像是夫妻。

金凤讲起话来德行很差，别个说一件事，她就说："我赶马的时候晓得另一件事,是这价的。"别个说一个人,她就说:"我赶马的时候遇见过另一个人,比你说的这个更厉害。"

别个说以前有什么规矩,金凤就说:"不是这价的,我来讲。"

别个说如今世道变了,金凤就说:"是你多想,照我说,还是那价。"

别个说陈老师人好,说金凤有福气,金凤就大声说:"你们不懂,读书人鬼架子多得很,我有个屁的福气!"

遇上跟人家起矛盾吵架,金凤就更惹人嫌了,一点亏都不吃,嘴里什么脏话都能骂,骂完了还要补上:"老娘赶马的时候你还在屙尿抠屁眼,你懂什么呢。"

金凤讲话吃不得亏,什么都要她最明白。别个不爱跟她讲话,背地里说:"赶过几年马是什么了不起的事情呢,她倒像是万事通了。"

好在她大部分时候也不出来,就在家里守着陈敬先。

去过她家的人出来就说,陈老师家,连鸡都不敢出声。

每日里,陈敬先把自己关在二楼的书房,写写画画,无事再不出门。金凤一早起来,一边大声抱怨,一边把房子从上到下抹一遍。她一边做事一边骂陈敬先，说陈敬先写了字的纸到处晾，一个走廊晾得像野厕所，到处都是纸。她说陈敬先费水费电，大白天不晓得拉开窗帘，偏要拉拢窗帘转去开灯，简直是没有名堂。她说陈敬先屁用没有，一天到晚写那些东西，也没见有人来买呢。

陈敬先的书房是不让金凤进的，金凤就在门外骂。隔一阵子，陈敬先把画废了的纸抱一大堆出来，让金凤拿去厨房里擦油擦水。宣纸很吸水，但金凤也要骂，说陈敬先浪费钱。她从废纸里选出自己觉得好的，贴在厨房的墙壁上。

陈敬先见了，就笑她什么也不懂，好赖都分不明白。

"你要贴，我画了好的来贴，你拿这写废了的贴着做什么。"

金凤就大声说："我贴在墙上挡油烟！油了一撕就完了，我的墙不比你这废纸金贵吗？"

陈敬先就讪讪地，说那也拿画得好点的来贴，免得来个客人瞧见不好。

话是这么说，但陈敬先一直也没画好的给金凤，金凤就仍旧自己选着贴。

金凤做了饭,就喊陈敬先来吃。金凤不上二楼,就在院坝里大声喊:"敬先!肿你的脖子了!"

活路做完了,金凤也絮叨满足了,就坐在那里看电视。她也不挑看什么,电视剧、戏曲,或者是广告吧,金凤都看,声音放得很小很小,但凡声音大一些,陈敬先就在楼上用挑画的木棍子咚咚地杵地。他倒是奇怪呢,电视的声音都嫌吵,金凤骂人的时候却一声不吭。

有时候陈敬先也跟金凤吵架,只是吵得不多。陈敬先还没有说什么,金凤就生气起来,就抹眼泪:"狗日的杂种,做了对不起我的事,还装读书人。我赶马走这么多路,也没有见过你这价的。"

陈敬先就不回嘴,由着她骂。金凤骂一阵也就罢了,再不罢,陈敬先就上楼去,把门关上,那金凤也就只能罢了。

讲实话,这样的日子,金凤应当满足了,但也属实是她并没有想到的。

金凤曾经想过,陈敬先回了沧城,也许就离开她,一心一意往水仙那边去一起过。如果是那样,金凤打算揉乱头发,与那两个人好好地打一场架,畅快淋漓地、心满意足地打一场架。打完了,也不管输赢吧,总之事情可以了了,就叫他们去一起过吧,金凤可以罢了。

但陈敬先也没有去找水仙。相反,自打他回到沧城,就不再跟水仙通信了。虽然时不时地也买药,也见面,但好像反而来往淡了。

金凤也曾经想过,等陈敬先回了沧城,对水仙的兴头减了,也许会浪子回头,一心一意,与自己一起过。如果是那样,金凤打算原谅他曾经所有的背叛和冷漠,畅快淋漓地、心满意足地与他把日子热热和和过下去。那事情也就了了,金凤没有什么别的心愿了。

但陈敬先也没有跟金凤热热和和,他总是把自己关在书房里,不叫别个进去。金凤偶尔有正事要讲,他就开门站在门口听。金凤讲完了话,他也仍旧站着,身子把门挡着。但若是有人来求字求画,或是带小孩子来说跟着陈老师熏陶熏陶,他却请人家进去,把堆积如山的书啊纸啊搬开叫人家坐,边写写画画,边讲他的想法。这时候的陈敬先很热情,甚至允许小孩子爬上他的案台,握他的笔。陈敬先还喊金凤泡了茶端来,金凤放下茶,陈敬先就点点头,说:"你下去吧。"

陈敬先只在参加活动的时候才出门,要不就是去买药。陈敬先也不隐瞒自己去了哪里,金凤问,陈敬先就说:"去买药。"

"你妈的脚。"金凤心里说,"只是买药吗?"

但金凤没有问。金凤曾经有过邪恶的想法,想放些毒药一起炖给陈敬先吃,吃死了就说是水仙的药有毒,正好一箭双雕,叫这两个搞破鞋的一起死了。金凤想得很解气,但也只是想想罢了,真叫她做,她一是不敢,二也不愿意。何必呢?何至于呢?凭什么叫这两个不要脸的人一起死了,倒剩下她一个呢?

陈敬先把药根丢给金凤,她就好好买肉回来煮,猪脚或是排骨。陈敬先牙齿痛了,松了,一颗一颗落了,金凤就把肉越炖越粑,粑得烂在锅里,跟药糊成一团。陈敬先嫌这菜难看不肯吃,说像狗屎,金凤就自己吃光。其实她的牙齿一直都好,并不爱吃粑烂的食物,只是金凤想着:"这可是你的卿卿配的药膳,你不肯吃,就便宜我了。"

后来陈敬先中风病倒了,瘫在床上。听说他病得很重,差点没有救回来,是金凤喊他吃饭喊不答应,破天荒地进了他的书房,才瞧见他睡在地上。金凤像个疯子一样大叫大哭,喊了隔壁邻居把陈敬先送去医院。虽然命保住了,但陈敬先从此就瘫了,别说是站起来写字,就连说话也是不清楚了。

听说陈敬先瘫了以后,脾气变得很大。一个不能动也不好说话的人,脾气大又能如何呢?大概也不能如何。但陈敬先要逗金凤发火,是很有本事的。他只消不配合就足够把金凤折腾得死去活来。金凤要给他做饭,问他要吃什么,他瞪圆了眼睛瞧着。金凤跟他一阵手舞足蹈,整得就像金凤自己也说不清话一般,好不容易搞明白他要吃什么,金凤做了来,他却又咬紧牙关,只是不吃。

上厕所也是这样。金凤问他要不要屙屎,推他去厕所,他偏是不去。过了一阵,金凤闻见屎臭味,才发现他把屎屙在裤子里。金凤气得大骂,陈敬先却像听不见似的,跟他过去许多年一样,闭上眼睛。

金凤常常被这伺候陈敬先的活路折磨得哭,她的两个女儿也自有家事要管,不能如何帮忙料理,金凤哭完了就回去,给陈敬先擦口水,擦完了嘴的手帕子,又擦干自己的眼泪。

但奇妙的事情是，金凤在这日复一日的，没完没了的伺候中，竟察觉出一丝满足。这个男人终究是属于她了，是完完整整的，在她的身边，再也没有别人了。

只不过，有人来瞧陈敬先，感叹金凤难得，还是老辈人有情义，如果是现在的年轻人，只怕没得几个愿意这样伺候。金凤就冷哼，说："我也不是有情义，我是图他退休金，他多活一天，我多领他一天退休金。"

别个就笑了，就像听见金凤说好笑的话似的。

仙婆子也来瞧过两回，都是跟别人一起来的，可能是怕金凤多心。仙婆子带了野蜂蜜，还带了自己晒干的野药，也不讲别的，只说陈老师有福气，又细细地教金凤这药如何吃。金凤笑着说："你拿这些没得用，他好不了，不如你带些纸锞子给我，以后烧给他还有用些。"水仙就跟金凤一起笑了。

陈敬先瘫在铺上，瞧着这两个女人。

瘫在床上大半年，陈敬先一日比一日气息奄奄。起初还能挑三拣四跟金凤找麻烦，一会儿吃饭一会儿不吃饭，一会儿屙屎一会儿屙尿，把金凤气得冒火。后来渐渐地就真的不吃东西了,再后来也不屙屎了,也不喝水了。

眼瞧着,这个人是不好了,要走了。

有一日,陈敬先突然精神起来,先是喉咙里咯吱咯吱响,像要说什么,只是说不明白。金凤把水喂给他,他还真的喝了些,眼睛也亮了。

金凤晓得他要说话,就凑上去说:"敬先,你说什么?"

陈敬先紧闭着眼睛,一脸不耐烦。金凤说:"要书?"

陈敬先咯吱咯吱。金凤又说:"干什么?要吃东西?"

陈敬先咯吱咯吱。金凤又说:"你要死了吗?老鬼?"

金凤说:"你不要哇哇,有屁就放。你要找人?"

陈敬先睁开眼睛。金凤说:"找团结?前进?"

陈敬先闭上了眼睛。金凤说:"老东西,我知道你要找谁,你妈个屄。"

陈敬先又睁开眼睛,眼泪珠子滚下来,金凤也不替他擦。陈敬先定定地瞧着金凤,金凤背过身去,觉得后背给陈敬先瞧得先是发烫,然后就麻了。

"你怎么还不死?你赶紧死啊。"金凤说。

"赶紧去投胎,投胎当条狗,尾着你的卿卿。"金凤说。

"老狗贼,你下辈子不要带欠我了,你去找她过吧。"

金凤说。

　　陈敬先死了。死的时候文化馆给他办了追悼会,好多单位送来花圈。追悼会上有个领导模样的人致辞,说陈老先生早年命运多舛,但他坚韧不拔,德艺双馨,在极其艰难的环境中创作出了一大批艺术性极高的作品。

　　金凤站在台下听着,东张西望,发现水仙没有来。金凤想,可惜了,你也不来听一听。

　　在金凤原本的猜测里,水仙应当是要到的,即便不能以妻子的身份站在最前排,即便不能接受旁人的安慰,即便不能光明正大地哭一场,但水仙会到,会站在人群里默默地掉眼泪。到那个时候,金凤就会在两个女儿的搀扶下走上台去,感谢所有人的到场,追忆陈敬先与她白头偕老的一生,用只有水仙能听到的声音轻轻地说:"他最终是属于我的,你输了。"

　　可是水仙没有来。不仅没有来,追悼会结束后两个女儿扶着金凤回家去,金凤特意找借口绕到东街,发现水仙竟然还在开门做生意,还在那门口站着跟人哇哇地讲话——怎么?她竟然不关门闭户躲起来哭?

金凤还在使着力,却发现水仙早就不玩了。金凤认了输,走开去。

跟水仙和陈敬先纠缠的几十年里,金凤已经有些分不清,自己到底是真的对陈敬先那么痴心,还是把陈敬先也当成了一个奖品,奖给获胜的那个人。她甚至也不太想得起来自己当初到底为何痴心,就因为陈敬先是个读书人吗?这一个身份,真的就值当成为一个迷梦,让自己沉迷了这么多年?

那也就算了,可是闹了半天到最后,发现对手早就认了输,这叫金凤想起来就觉得扫兴:"早说啊,你早说你认输,那我也不费力气了。"

陈敬先死后,金凤终于进入他的书房,整理他成山成海的书籍和字画。书就罢了,反正金凤也看不懂,但金凤能看懂画啊,她发现,陈敬先总在画水仙花,摆在桌上的,坐在盆中的,倚在石头边的,总是水仙。他还总画女人,穿着古代人的衣裳,个个都是水仙的脸。

其实到底是不是水仙的脸,各人也有各人的看法,反正两个女儿都没瞧出画的是谁,但金凤很确定,这画的就是水仙,是年轻时候的水仙。

金凤还翻出了陈敬先的一沓信,整整齐齐收在饼干盒里,藏在书柜最底下。不消说,金凤就晓得,这一定是水仙寄给他的。陈敬先自从回了沧城,再不跟水仙通信,也不跟水仙如何来往了,但这些信他仍然好好保留着。鬼才知道他到底在想什么。

女儿们想把信拆开瞧,被金凤拦住了。

"我们瞧瞧是谁写的。"团结说。

"不准瞧。"金凤说。

"怎么就不准瞧?我们念给你听。"前进说。

"不准念!"金凤说,"是我写的!"

团结和前进笑起来,说你什么时候学会写字了。金凤说,这都是你们爸爸当年劳改的时候,我托人帮忙写的,如今人不在了,就都烧了就是了。

女儿们想大概是母亲害羞,不好意思叫人瞧,于是不再坚持。金凤找来个粉笔,在院坝里画了一个大圈,留下了一个出口,是通往陈敬先那边的。然后金凤把所有这些信件、字画、书籍放在圈子里烧。信件字画烧得快,书却烧得很慢,总是烧几页,就熄灭了。

金凤骂道:"老狗贼!你的宝贝书都不要,还记挂这些粪草！"她把书撕开来烧，撕了半天手都痛了，眼看着还是一座书山，金凤就生了气，也不撕了，拨拉拨拉收起来，卖给捡废品的。原本满当当的一间书房，如此这般就空落下来，一干二净，就连陈敬先的气味都没有留下一点。

金凤曾经觉得陈敬先的书房味道很好闻，有一种陈旧的墨汁混合纸张的木香。现如今陈敬先没有了，甚至书都没有了，这书房还是很好闻，像是多年的墨纸香，已经沁入了墙壁。于是金凤发现，那只是书好闻，跟陈敬先一点关系也没有。早晓得如此，金凤觉得自己不如嫁个书柜，还非要绕一道弯，嫁给读书人，真是白白麻烦一辈子。

路上一个人都没有了，偶尔有几条狗，撵着猫跑过去，街上就响起汪汪的狗叫和回声。水仙生了火盆子，坐上一壶水，又煨一个洋芋、一个苹果，一起烤着。

金凤到了，坐下来。水仙把门关上，倒水给金凤喝："这晚就不给你喝茶了，喝了茶不好睡觉。"

金凤说："没得屁用，本来也睡不着。"

水仙递给她一包草药："给你准备了这个，你回去煮肉吃，好睡觉。"

金凤觉得有点难过，陈敬先这辈子煮那多药吃，也没问过一次金凤要吃什么，如今倒是水仙管她。金凤还有点惊奇，也有点没好气："你是真的有鬼眼睛？你怎么晓得我来？"

水仙说："你来了我就晓得了。"

说了跟没说一样。金凤说："那你晓不晓得，陈敬先那条老狗，死之前一心想见你。"

水仙笑着听她讲。

金凤说："我就不让他见！我才不怕你两个恨我。"

金凤说："怎么样，他是不是冤魂不散？他活该！"

金凤说："你不要给我嬉皮笑脸！"

水仙还是笑，把金凤笑得莫名其妙，也跟着笑了。

金凤说："我不是来找你打架的，我是跟你讲，你这辈子没得着他。他这辈子跟我过了，我也过够了。下辈子叫他跟你过吧，我让给你了。"

水仙说："我才不跟他过。"

这倒是叫金凤没有想到。怎么，这个女人一生没有嫁人，难道不是为了陈敬先的缘故？金凤有些讶异，说：

"他一辈子都记挂你呢,死前也只想见你。"

水仙说:"他才没有。他不要我,我也不要他,我下辈子不当女人了,我要去打鹰山当一棵树,去当个狸子,当一匹马,谁管得着我?"

金凤十分惊讶,没想到有人关于"下辈子"还有这样的决定。可她突然又觉得合理,是了,若是能选择当一棵树,她也想要做一棵树,若是可以选择,她甚至宁愿自己做一个彻头彻尾的赶马人。金凤突然想起自己赶马的那些时日,那时候自己顶着烈日和风雨,在崖上走,在坡上走,仿佛头顶荆棘,脚下却是刀刃。可是现在想来,那却是她成为一个女人之后,最自由自在的时光。一步一步地,晓得自己在往哪里走,也不指望什么,也不等待什么。

"你都不要,老娘更不要他了。"金凤说。

水仙还是笑:"不要也不行哦,他都死掉了哦。"

金凤说:"我往后是不给他烧纸的。"

水仙笑。金凤说:"我也不跟他埋在一起。"

水仙仍旧笑。金凤说:"老娘跟他离婚!"

金凤的这个决定让两个女儿大吃一惊,也惹来许多人非议和嘲笑。金凤非要逼着女儿去帮她打听,如何跟一个死掉的人离婚。两个女儿被她逼得脑壳痛,只得含羞带臊去打听,得来的结果都是没有办法,也没有必要,人都死了,闹什么闹。

金凤就自己去打听。她去街道办事处,没有说法。又去民政局,也没有说法。最后金凤守在县政府门口,出来一个看着像干部的人,金凤就冲上去:"领导,你帮我安排一下,我要离婚!"

被她逮住的人莫名其妙,瞧着这个老太婆一脸热切,也只好说:"那你跟你家老倌商量好就可以了。"

金凤说:"商量不成,他死了。"

人家就觉得这老太婆脑子发瘟,怕是专门来胡闹,也不再理她,甩开手就走了。金凤得不着说法,越发生气,也越发打定了主意要离。闹累了,金凤回家做饭吃,吃饱了,又来县政府堵门。

那阵子,县政府被金凤搅得乱七八糟,从门卫到县长,差不多都被她逮着问了一遍。县长刚被逮到的时候以为这老太太真有冤情,还认认真真听她讲了一阵,说老头一辈子待她冷冰冰，病得要死还在想着别的女人，写信都写给别的女人，都不写给她。县长也听得有些生气，还叫秘书记录一下看看怎么协调。结果听到最后才听明白，这老太太的男人已经死了，县长气得直瞪眼。

那阵子，只要金凤到了县政府门口，门卫就到处打招呼："那老太婆又来了！"大家就都不走正门了，该翻墙的翻墙，该走侧门的就走侧门，反正都怕被金凤逮住。

金凤实在看着奇怪，实在叫人想不明白，于是沧城人就说，陈敬先和金凤两个人白头偕老一辈子，陈老师死了，金凤太伤心，所以发疯了。

发疯了就要离婚？

是啊！离了婚，陈老师就不是她男人，不是她男人，她就觉得没有丧偶，自然就不用伤心了。

沧城人是这么说的。

这么闹了好几个月，金凤大概是晓得没人能帮她的忙了，于是转而向神鬼求助。别个有这想法，就找仙婆子帮忙。金凤大概不肯找仙婆子，就去观音箐磕头，好像也没有什么结果，反正这件事就没有后续。

后来，金凤在去观音箐的路上，叫一个拖拉机给撞死了。她的女儿仍然把她跟陈敬先埋在一起，反正那墓地是一早就划好的，只等她埋进去。墓碑上，金凤的名字和陈敬先的名字列在一起，还有什么先考啊，先妣的，都是金凤不懂的字。

尾声

我最后一次见仙婆子,是大学暑假。正是野菌下山的时节,我妈妈说我可怜,在外头都没有菌子吃,如今回来了,要好好炒几顿来吃。我跟着我妈妈去到东街,看见四围山上的山民采了各式各样的菌子,都摆在路边卖着呢。最多的是鸡㙡,占了最阔的地盘,有紧紧箍着尚未开伞的,也有大朵大朵绽开了的。箍着的最鲜嫩,卖得最贵,开了伞的就便宜了。还有各色的牛肝菌、松毛菌、一窝羊菌、野香菌,还有少少的松茸。松茸都有虫洞,或是开裂了。我问我妈妈,怎么松茸这么少,是不是往年挖多了，松茸都断子绝孙了。我妈妈说，如今沧城的松茸都出口，卖给外国人去赚钱了。

菌子旁边是卖红辣椒和花椒的。花椒仿佛专为了配菌子而生，趁着菌子下山，也就下了树来，香得人头晕。一个卖花椒的人，四围几米远，空气好像还是麻的。人们买了菌，就在旁边抓一把花椒，沧城人相信，鲜菌必得要这样的花椒来配才好。

仙婆子就站在她的铺子门口。我瞧见她，才发觉她已经很老了，皱纹像核桃壳，但下巴还是翘翘的。瞧见我们，她大声地跟我妈妈打招呼，仿佛没有认出我。等认出来，仙婆子拍着手笑，说："哎呀，多好。"

我妈妈站下，与仙婆子闲聊起来，一讲就讲个没完没了。我在旁边玩了一会儿手机，看了一会儿小说，这两个女人竟还没有讲完。我失了耐心，扯我妈："再不走，好的都卖完了。"

仙婆子就瞧着我笑："大学生了，听不得我们讲白话。"见我确实是不耐烦，仙婆子说："没得事，不要急，最好的鸡㙡还没有到呢。"

我说："都几点了，还没有到？"

仙婆子不搭理我，却回身到铺子里翻找，出来时塞给我一个小土瓶子，瓶口用红纸封着。

"仙婆婆以后帮不到你了，你是大学生了。"仙婆子说，"这个酒你拿起。"

我莫名其妙："我不喝酒。"

仙婆子说："小时候爱吃我的果子酒，现在倒说不喝酒。"说着她又笑起来，"你不吃也可以。"

我更奇怪了："那要做什么，仙婆婆？"

仙婆子说："这个酒是好酒，以后你遇到事情了，有人来帮你，你就把酒给人家做谢礼。你放心，仙婆婆的酒是好的，是可以做谢礼的，不是随随便便的。"

我妈妈也笑了："她怎么能天天随身带着瓶酒走来走去呢。"

仙婆子说："你就拿去，合适的时候，酒自然会在。"

我支支吾吾，不很愿意收。我妈妈说："你收着，仙婆婆的东西有神通的。"

于是我便收下了。我妈妈说："你要听话哦，不要自己偷喝了。"

仙婆子说："哎呀，人家是大学生了，你莫这价管她。

这个酒自然有去处,如果是别个喝了,自然是别个帮了她,如果是她自己喝了,那就是她帮了自己了,你莫管。"

我妈妈哎哎地答应,我也哎哎地答应,心里觉得有一点高兴,也觉得仙婆子有一点好。

收了人家的东西,我有点不好意思,想再聊一聊,仙婆子却一拍手:"好了,鸡㙡到了,你们去。"

我回头看,果然瞧见一个人头上顶着片荷叶,背着个篮子往这头走,篮子上也盖着荷叶呢。我妈妈跑去拦住那人,那人说:"我是有鸡㙡,但是秤忘记带了。"

我妈妈说:"你先把鸡㙡拿出来我瞧,好的话我就都要了,免得你还要过去那头摆摊。"

那人便把背篮放下,取出一袋极好的鸡㙡来,菌伞小小的,全都紧紧地箍着。菌柄长长的,干干净净的,红泥下瞧得出嫩嫩的白。

我妈妈讲了价,借了别个的秤,秤了鸡㙡。卖鸡㙡的人高兴得很,说今日运气好呢,卖得真是快,给你们便宜一点吧。

仙婆子死的情况,别个不晓得,我觉得我是晓得的。

那时候我即将毕业，日日忙着参加各种校招会，去各处面试，还要忙着写论文。论文倒是好说，写一半抄一半，老师也不十分为难我。但是找工作有点费力气的，外面的城市太大，学校又在郊外，随便去哪里都要倒几趟公交车，我穿着新买的高跟鞋站在罐头一般的车里，脚掌痛得仿佛刀割。而招聘会的人也多得让我咋舌，好似同时几万人挤在一个场馆里，所有的人都大汗淋漓，所有的人都满是焦心。

有一天傍晚，我站在从城里回学校的公交车上。入了冬了，夕阳不带一丝温度，从车窗外射进来，直直地照着我的眼睛。我的妆已经花了，满脸油光，口干舌燥，口红怕也早就落光。这里的太阳与沧城是如此不一样，这么凉，却像一个黄澄澄的鸡蛋黄，天边是被雾霾氤着的模模糊糊的高楼和烟囱。沧城的太阳便不是这样，永远很烫，永远是白色的，永远是刺目的，是不能直视的。在沧城的太阳面前，我只能低下头去。

我妈妈给我打电话来，我一只手拉着拉环，一只手挂着沉重的包接电话。我妈妈先是讲了一堆鸡零狗碎的，讲我爸爸生意做不成，赔了些钱，转让给别个了；又讲我弟弟初中都没毕业，就倒反天罡，跟别个早恋；最后，我妈妈说："忘记跟你讲，仙婆子死了，叫人拿毒药闹死了，沧城的人都讲翻天了。"

我一时没有反应过来，正好公交车里有人打架，说是有流氓偷摸女孩子，叫人逮住了，几个见义勇为的人按了他在地下打，旁边人全都惊呼着避开，留下中间打架的战场。每个人都穿着厚重，像一口口滚圆笨重的钟在乱撞。我只觉得人流涌向我，踩向我，碾过我。我差点摔倒，只得紧紧挂在拉环上。

公交车照样开着，车里打成一团，我挂在拉环上，感觉自己像一根浮萍，拉环是我细弱得几乎不存在的根。有人惊呼，有人大骂，有人求饶。而我却莫名其妙地想起仙婆子给我的那瓶酒，我自然是不会随身带着它，只放在行李箱里，始终没有拿出来。

只是如今仙婆子死了，我童年的属于沧城的鬼魅幻梦仿佛就此醒来。夕阳照着我的脸，冰凉得像刀刃的寒光。可我感觉脸很烫，好似喝了酒一般。一夜宿醉，大梦一场，醒来时我挂在这里，脚掌刺痛，手肘早已扯酸。有人喊司机把车开到派出所去，我无暇思考去了派出所我还能不能顺利回到学校,回到宿舍,回到我临时的床。我只是一根浮萍,挂在细细的根上。

等终于闹完,那偷摸女孩子的流氓被按到派出所,几个打架的都下去了,还下去了两个证人,我寻得一个空位,赶紧坐下来,偷偷把脚蹭出鞋子一点点,好放松已经被捆扎得出血的脚趾。我重新给我妈妈打电话过去,我妈妈说已经在打麻将了。

"挂了挂了,没得什么事情,以后再讲。"我妈妈说。

我说:"仙婆子到底怎么回事呢?"

我妈妈已经把电话挂了。我靠在椅背上,瞧着夕阳落下去,又想到我的沧城。在沧城,太阳落后很久,天色也是亮的。东边天变成深蓝色,西边天也有一抹明亮的淡黄。而在这里,太阳落了,天就黑了。我突然感觉嘴里充满果子酒的清甜。那酸甜如此明显,在我舌尖浪涛一般来来回回。

我下了车,走进北方荒凉的冬夜。这里天黑得早,沉沉的夜空又低又矮,像一口锅。快要下雪了吧,落叶铺天盖地,仿佛天地都被撕裂成了一片一片,枯干了,踩在上面,发出嚓嚓的很好听的声音。我突然很想很想找人讲话，讲一讲我记忆里的仙婆子。不，我并不伤心。伤心什么呢？仙婆子死了跟我有什么相干呢？但我很想很想，找个人讲一讲那个神奇的老太婆，她认识奇怪的药草和菌菇，认识许多含着一眼热泪的人。她晓得最好的鸡枞什么时候到，晓得哪样药治哪样病。她晓得人活得苦，只是不晓得这样的苦要到何时啊，才算尽头。

我有点后悔，怎么没有抓紧机会，叫仙婆子看一看我的命，问问她我什么时候可以找到工作，问她我该去哪里垒一个窝，好让我的妈妈跟着我享福。可我不知道应当怎么办，应当去问谁，去跟谁学。那么多的人，连自己的路要如何走都不知道。谁会晓得别人的路要怎么走？我多么想问问仙婆子，说，你帮我看看未来吧，帮我看一看。

她也不一定是真会看吧，可能都是封建迷信骗人的。但我想她一定知道如何讲一篇话，可能是关于上辈子造的孽，或是要偿还祖先的债，再或是天意如此，都让我听了放下心来，让我像所有找过她的女人一样，抹干眼泪，平平安安地回家去。

但我终究是没有人可以讲。宿舍里也只有我一个人，同寝室的同学有的找到了实习，到城里去租房了，有的跟男朋友出去住了。我路过低年级的楼层，听着别人的寝室里打打闹闹，传出放视频的、放音乐的、尖叫的、大笑的声音，回到我自己的寝室，打开一盏空落落的灯。四张床上，也只有我的还放着寝具。

我翻出行李箱里的那瓶酒，红纸仍然封着口。那是一个再普通不过的土陶瓶，外面刷着粗糙的釉。我费了很大的力气，才打开木塞，闻见果子酒酸甜的浓香。

我想，仙婆子也没说这酒给谁喝啊。

我想，仙婆子说了，合适的时候，这酒就会在。此时我很想喝，它正好在，不就是合适的时候吗？我只喝一点点，别的留着做礼物送人，难道不行吗？仙婆子也没说不能分着喝。

那么，现在的我，就想跟未来的不知道是谁，一起分着喝一口。

我用马克杯倒了一杯底的酒出来，颜色鲜红如血。是桑果酒吗？可是闻一闻也不像，那么是五味子？也不对，五味子没有这么红。在日光灯照射下，酒液泛着妖艳的红光，简直像里面有星辰在闪。

我把酒端起来，装模作样地对着虚空说："谢谢你了，虽然不晓得你是谁，要如何帮我，但是我敬你！"

酒一入口，是我记忆中的浓甜。是葡萄，是桑果，是五味子，是块菌，是海棠，是青梅，还有许多我不认识的东西。看来这仙婆子学会调酒了，这不就是沧城版本的鸡尾酒？

酒一落胃，我的身体呼啦啦地热起来。没错了，仙婆子的果子酒就是这样，喝着酸甜，其实性子极烈。

喝完了一杯底，我又给自己倒了一杯底。这么烈的酒，谁也喝不下多少，我要是叫帮我的人全喝了，岂不是要把人家灌醉？不好不好，我再喝一些。

"仙婆婆，这杯敬你！"我把酒端起来对着虚空，"你要是真有神通，肯定晓得我今天就要吃酒，你莫怪我嘴馋！"

我觉得头有点晕，头皮像有一百只蜂在叮，但是并不痛，只是酥酥的。我手有些软了，但仍是一口喝干，又给自己倒了一杯底。

"这杯敬谁不晓得，管他。"我还未把酒端起来，却听见有人敲门。大概是宿管阿姨吧，可这也奇怪，宿管一般不管我们这些将要毕业的学生，管管低年级的也就罢了，如今来要做什么。

我要站起来开门，却发现腿软得很，有些站不住，而门框却奇异地扭曲起来，旋转起来，旋转成了一个圆形的幽深的洞，仙婆子从门洞里走出来。

仙婆子一巴掌拍掉我手上的酒："你喝起来没有完了是不是？小娃娃家，吃酒变憨包，你不晓得吗？"

我大为惊讶，不晓得她是人是鬼。仔细瞧瞧，却是清清楚楚的，花白的发丝根根分明，脸上又是笑，又是带着火气。我一时被吓得发了呆，酒泼我一身，竟也不晓得擦了。

"瞧什么瞧？你是喝得二麻了，自己发梦了。"仙婆子说。

"我妈妈说……"我舌头有点大，话也说不清了。

"是了是了，我死了，我他妈的，终于死了。"仙婆子说。

"那你来做什么？"我说。我想起自己正在偷酒喝，有点尴尬起来，"我只是尝一尝，我不喝完。"

仙婆子不理我，却研究起寝室里的暖气片来。她把手放到暖气片上试探着,嘴里啧啧地叹:"哎哟,还有这价好的东西,你们这代人真是享福了。"

我实在不晓得招待鬼要怎么招待,要给她倒杯水吗?还是端个凳子给她坐?我呆若木鸡地站在那里,思考了好一阵,感觉脑子像夹了榫卯,扭不动了。

"你吃水不吃?"我说。

仙婆子看我一眼,叹了口气:"跟你说了,我死了。"

我总算是反应过来一点,又害怕,又有点难过,有点想哭了:"那你是来瞧我?陪我讲话吗?我正想找人讲话的。"

仙婆子说:"话是可以讲,但你跟我有什么相干?"

我又蒙了,爹着嘴要哭:"那你来做什么?"

仙婆子说:"跟你说我死了!你是在自己发梦!你喝多二麻了!小姑娘一个,喝起酒来不晓得停呢!"

"不过也不赖你,谁叫我的酒好呢?"仙婆子仍旧把手放在暖气上,狡黠地一笑,"是不是好喝得很?沧城泡酒的,谁泡得过我呢?"

仙婆子说,那天下午,她一早就把店门锁了。

店里要紧的东西，她早已经收拾完毕。多年前的信早已经烧掉，瓷器也砸掉了。难得的药，她一包一包封起来写上名字，先前街子天的时候，该送谁都已经送掉了。泡好的酒，她也一瓶一瓶装了，该给谁都已经给掉了。

店里只剩下些瓶瓶罐罐、杯杯盏盏、纸钱锞子，还有寻常草药，都是不值价的，往后谁用得着就取去，用不着当垃圾扔了也不可惜的。

仙婆子出门，到菜市场。在卖熟肉的摊子上买了一只猪耳朵，叫老板切了条。买了一坨牛肉，也叫老板切片。羊蹄看上去炖得㸆，仙婆子想买一只，但想了一想，又算了。

仙婆子把这些东西揣在一边衣兜里，另一边的兜里是一瓶酒。她往城外的蚂蟥山走过去，这里连着打鹰山的尾巴，矮矮的，比起打鹰山来，更像是一条土坡，像一条扁平扭曲的蚂蟥。这里是沧城人的坟山，许多人的祖坟都在这里，从祖宗的祖宗、祖宗，到父母，到儿孙，都埋在这里。沾了坟山的光，蚂蟥山还有许多老树留着，大多是好几百年的古柏，黑黝黝的树干，长得刀削斧砍的，树上拴了红布，底下有香烟燃过的灰烬，被当作家神供着。

仙婆子身子仍然是直苗苗的，脚步也算轻快。但她毕竟年纪太大，即便是爬这不算高的蚂蟥山，也喘得厉害，走几步，就歇下来，扶着腰。

仙婆子路过许多人家的坟山，有高家的，也有陈家的，还有许多别的人家。一辈一辈的沧城人，由高到低，静静地望着。此时不是扫坟的时候，山野里空荡荡的，只有空寂的鸟鸣。风吹过远处的松林，吹起漫长的波涛般的响，唰啦啦，叮铃铃。

沧城人为了扫坟方便，都愿意把坟山选在矮处。仙婆子越往高处走，坟就越少，只有大片大片的柏树林。几百年的高大柏树零星长着几棵，别处都是柏子撒下新长的小树，不过一人高。仙婆子随手扯了柏叶在手上搓着，轻轻嗅着那气味，柏树的味道是很香的。

仙婆子好不容易爬上山顶，往山下望去，看见沧城像一个巨大的棋盘，笔直的四条街延伸开去，小小的巷子把沧城划分成一格又一格，把人们框在里面。现如今这棋盘看起来有些乱，有高高低低的楼，也大了许多了，但棋盘的格局是没有变的。

跟仙婆子小时候是一样的，跟五百年前也是一样的。

蚂蟥山顶，是沧城的公墓。说是公墓，其实只是一片粗粗整修过的平坦的阳坡，政府用来安置一些没得家人的鳏寡孤独，平日里其实也是没有人料理的。

沧城人讲究落叶归根，但凡生前有办法的人，都会尽力叫自己埋进祖坟山，所以这里埋的人很少，只在边上有一排小小的坟茔。仙婆子一个一个地瞧那些墓碑，都是水泥浇的，薄薄一块，贴着瓷砖。上头有的有名字，也写着生卒年月，有的连名字也没有，只有"张氏""刘氏"，甚至有两个"无名氏"。仙婆子想要拔掉坟头的草，拔了几下，又觉得手生痛，便也罢了。

仙婆子说："欸，这草会开花呢。那我不拔了，给你们留着吧。"

歇了一阵，仙婆子选了个有树荫的地界，绕着走了一圈。

"五步，七步，够了。"仙婆子说，"够了，我就在这里了。"

选定了地方，仙婆子坐下来，掏出衣兜里的酒肉。装牛肉的塑料袋不晓得何时破了，漏了一点汤汁在衣兜里，仙婆子骂了一声："我特意穿的新衣！现在搞脏了！"

那也只能算了。仙婆子把塑料袋摊开，吃肉喝酒。她发现自己忘记带杯子，那就罢了，对着瓶子喝也是一样的。

喝了一口酒，仙婆子苦得皱着脸，咂起嘴来："他妈的，我就该多带一瓶果子酒，哪个晓得这价苦。"

仙婆子赶忙大口吃肉，把苦味压下去，发出响亮的咀嚼声。仙婆子感觉有人在推她的背，回头一瞧，是她的小白羊。小白羊还是雪白雪白的，皮毛像云朵一般蓬松。它像是很生气似的，定定地望着仙婆子。

"哎哟，我的宝宝贝贝！"仙婆子伸手要摸，小白羊却扭头一躲。

"你莫生我的气了，"仙婆子说，"我晓得错了，是我把你忘记了。"

小白羊还是生气，还是瞪着仙婆子，两条后腿绷得直直的，像是打定主意要把仙婆子顶翻在地似的。仙婆子拣出一条猪耳朵递给小白羊："你吃嘛，我真个错了。"

小白羊不肯吃，鼻子里呼哧呼哧地哼。仙婆子说："我今天本来想吃个羊蹄的，就是想着你，我才没有吃！你还生我的气！"

"你跟个畜生啰唆什么？"有人说话。仙婆子回头，看见她的父亲邱大夫坐在那里。这次他没有像个菌子似的半截埋在土里，而是干干净净、体体面面的，穿着当年做大夫时候的衣裳，好好地坐着。

仙婆子已经太多年没有再见过她的父亲，突然一见，这老太婆竟也有些伤心。她使劲咽下嘴里的肉，定了定神："我就晓得你会来。"

"你在做什么了，要喝草乌酒？"邱大夫说。他的女儿看上去比他还要老得多了。

仙婆子淡淡地说："时间差不多了。"

邱大夫问："老天同意不同意？"

仙婆子说："同意了，上回政府组织体检也查出来病了，医不好的。"

邱大夫说："有的人就算老天同意，他都不肯呢。"

仙婆子说："要是晓得活着只剩下受罪，那就肯了。"

邱大夫便点点头："也罢，老天同意，那就没什么的，就是天意到了。"

邱大夫扭头四处张望，嘴里呼唤："木仙，木仙。"

仙婆子很惊讶："木仙也来了？我再没见过她。"

邱大夫说："在打鹰山的时候她怕,不肯出来的。我喊她来接你,她肯定要来。"

邱大夫又喊了一阵,什么也没有,只听见风声呼呼的,太阳光照得热热的。

邱大夫叹一口气笑起来："罢了罢了,她没有长大,你是长大了的,不跟她计较罢,反正快要得见了,到时候见了再说。"

仙婆子和邱大夫不再说什么,两个一起抓猪耳朵吃。仙婆子说："你不是不吃吗?你不是说吃狗屎和龙肉都是一样的。"

邱大夫就笑："我来接我的丫头,陪我丫头吃一口怎么了。"

仙婆子瞧着这个比她年轻得多的父亲,自己觉得有点好笑,日后再见别个,别个怕不会晓得这是父亲与女儿,只怕以为是母亲和儿子了。

"爹。"仙婆子说,"我们往哪里去?"

邱大夫喝了一口酒,苦得直吐舌头,骂了一声:"贼泡的酒啊,苦成这价。"

仙婆子笑起来,说草乌酒不就是这样,何况这可是打鹰山的草乌，泡了多年，当是开玩笑吗。她突然想起自己这一生命运的拐点，就是一坛草乌酒，便唏嘘起来，说："当年我们就是因为这个草乌酒了。"

邱大夫说："是了，因为草乌酒，你才得活命的。"

仙婆子觉得，这样说也有道理。她想起自己没有问完的话，便继续问："爹，我们往哪里去？"

邱大夫眯着眼睛："你问我，我问哪个？"

仙婆子十分不满："你死了这么多年还不晓得？"

邱大夫仍旧眯着眼睛，像是十分中意这阳光似的。他打了个哈欠，说："你活了那多年，搞清楚活着是怎么回事了？"

那也有理。仙婆子在人间这么多年，也没有搞明白人活着是怎么一回事，也不知道人活着，要往哪里去。

邱大夫突然想起什么似的，从地上站起来，拍一拍自己的屁股："还有别个要跟你说话的，我走了。"

仙婆子说："哪个？你就在这里听。"

但邱大夫已经不见了，留下一句袅袅的回音："你们年轻人的事情，莫烦着我。"

这回来的是陈敬先。与邱大夫不一样，陈敬先竟然变得十分年轻，瘦瘦高高的，穿着长衫，袖口干干净净，指甲上还沾着墨点。

距离仙婆子很远，陈敬先就站住了，他背着一只手，另一手握拳在胸前，对着仙婆子微微地点头。

仙婆子只觉得他的样子奇怪得很。

"你老婆呢？"仙婆子大声问。

陈敬先一时没有料到仙婆子的第一句话是问这个，愣怔了一下，又儒雅地笑起来："水仙，好久没有见你，甚是挂念。"

"你老婆呢？"仙婆子又大声问。

陈敬先见这个老太婆按住了这个问题，脸有些僵了，但还是尽量淡淡地说："道不同不相为谋，我未曾见过她。"

"这价看来，还是给她离成了。"仙婆子说着，低头又吃她的牛肉。

"什么？"陈敬先有些莫名其妙，好像不晓得金凤死前一心一意要跟他离婚。

"你老婆死前大闹天宫，非要跟你离婚，你不晓得？"仙婆子说。瞧着陈敬先真是不晓得的样子，仙婆子说："活着的时候离不成，如今看来死了是给她离成了。"

"果真？"陈敬先十分惊讶，脸上好似有些挂不住的样子。他想了一想："这边与人间不同，我也只是瞧一瞧你，瞧一瞧就走……"

"我不赖着你。"仙婆子说，"我晓得与人间不同。"

"虽然不同，"陈敬先说，"但我是很怀念那时的。"

仙婆子说："都过去了。"

陈敬先点点头，不知道如何再往下说了，只得理一理自己的长衫，说："那么就如此罢。"

仙婆子头也不抬，仍旧吃肉喝酒，只是摆摆手。

又听得马蹄响，可是没有人来，只是一匹马。那马闲庭信步，低头嗅着蹄边的草，打了个响鼻。马抬起半个头来望着远处，仙婆子跟着望过去，看见阳光下明亮的广阔的沧城，沧城四围已收获过的露出了本色的田野，还有远处淡青色的，一层比一层远的山。

这画面很是怪异的，一匹血糊糊的大白马，站在山岗上，高高地昂起它优美的半个头，望着远方。仙婆子站起来抚摸马的脖子，泥点和干硬的血迹之下，它的毛皮像丝缎一般温柔。

大白马背上仍然有鞍子，马头上也笼着笼头，只是背上没有人了。仙婆子把笼头和马鞍解开，大白马卸下了束缚，十分惬意地甩了一甩头，甩出些血点，落在水仙脸上。仙婆子往马屁股上拍了一掌："去玩！远远地去！"大白马便头也不回，往山下走去，隐没在山林之间。

仙婆子等了一阵，没有别的人过来了。仙婆子把剩下的肉碎都捏到手里，拍进嘴吃了。

"造孽啊！"仙婆子说，"肉都吃完了，酒还没喝几口，苦死我算了。"

仙婆子眯着眼睛，像是下了好大的决心，猛地喝了一大口，苦得龇牙咧嘴，手指头到处乱抓，逮了一把柏树叶，放在嘴里嚼，又涩又辣，呛得呸呸地吐。

"狗日的！死都不得个好死！"仙婆子说，"哪个发明的这酒？等老娘过去了，我给你揪出来剐！杂种！"

"哎哟，你那个嘴！莫乱讲了！"有人拍着仙婆子的背，递过来一条手巾子。仙婆子眼泪鼻涕都被呛出来，一把扯过来。

"哪个害你了？又不是别个叫你吃的，是你自己要吃，还讲得那么难听。"皱着眉头的表爷爷说，仍然抚着仙婆子的背，眼睛亮亮的。

仙婆子擦净了脸,把手巾往表爷爷身上一丢:"你讲话好听,你怎么没成神仙呢!"

仙婆子一个脸红得要命,眼睛也红了,瞪着表爷爷。表爷爷扑哧笑起来,说:"你好端端的,自己倒要生一场气吗?"

仙婆子的眼睛更红了:"我当初还去送了你,你如今却不来接我。"

表爷爷赶忙说:"你莫哭,我这不是来了。"

仙婆子说:"这么晚才来,我吃得好苦的酒。"

表爷爷叹一口气:"要我说,你这么做还是不对。"

"哪个要你说。"仙婆子立刻打断了她,"你的小皮匠呢?哎哟,你不去找他,倒是有空来管我?"

这回轮到表爷爷脸红了,她嗫嚅着说:"你莫乱说,再没有的事情,莫乱说。"

"嗨呀,你莫再硬着了。"仙婆子说,"以前图名字上族谱,图牌坊,非要硬着。如今也没有族谱了,也没有牌坊了,连你也没有了,图着了什么?"

"我从来也不图那些!"表爷爷说着,挨着仙婆子坐下来,两个老太婆手牵着手。草皮暖暖的,日头快要下去了，远处有人在田坝里点起火，长长的青烟到了高处被风吹散，慢慢地在沧城上空笼起一层薄薄的纱幔。

"该点豆子了。"仙婆子说。

"过一阵就能吃麦蓝菜了，豆笋也快了。"表爷爷说。

"你只晓得吃草。"仙婆子撇了撇嘴。

"我不吃，我是想着，你原本还能吃一顿的。"表爷爷说。

"不吃了，心烦了。"仙婆子说。

"太阳要下去了。"表爷爷说，"你收拾收拾吧，我送你。"

白日尽了，我看见仙婆子站在山坡上，望着脚下的沧城。天气凉了，风吹过来，一股比一股吹得凶，把仙婆子鬓边的头发吹散开，叫她看起来像一株枝条飞散的枯柳树。鸟雀归巢，往蚂蟥山上来，叽叽喳喳地叫得凶，还有黑老鸹，哇哇地叫。

仙婆子对着鸟雀伸出手去，鸟雀在她头顶盘旋，像渐渐阴霾的云翳。

我最后一次见到仙婆子的场景，就是这个样子。我想我自小见过的人,都与仙婆子有着千丝万缕的关系,所以即便我与她交谈不多,缘分也算是深,她才叫我瞧见了真相。

后来我回到沧城,听见许多关于这件事的讨论。说仙婆子没有家属,政府把她埋在公墓,她倒是享了福了。说一早派出所里的人传出来话,让大家不要乱讲,沧城没有命案,她就是自杀,但大家只是不信。

为什么不信,人家就说,她那么大年纪了,没有想不开的事了,不会自杀。

但除此以外,也就没有道理可讲。总之说来说去,大家还是觉得命案比较激动,叫人想起许多诡秘的传说。自杀就没有意思,说起来也不好听。

我说我觉得她是自杀,别个就说,小屁娃娃,晓得个屁。那也是的,可能是我自己吃多了酒发梦,这我自己也不能确定。

但事情都过去了,事情里的人就像刮过沧城上空的风,卷起了几片树叶,掀起过一点涟漪。

对于沧城来说,她的事不会只是她的事,她的事关于沧城的好多年,那好多年里的好多人。在好多好多年里,沧城的人凭借这些隐秘的传说熟悉着她，也彼此熟悉。

沧城不能允许每个人都这么乏味地死去，就像大家也不能这么乏味地活着。

那也是对的。如果真的这么乏味，沧城以后的事情还有谁想讲呢？我以后的话，要讲给谁听。

后记

故事是虚构的,但沧城存在。沧城是我出生的丽江市永胜县曾经的名字,是一个深陷在滇西北山褶中的小县城。伢子,女赶马,斋姑娘,曾在这里真实地活过。魂灵,彼岸,山精野怪,曾是这里风行的传说。

马帮时代早就结束了,沧城如今与大多数县城一样萧条,陈旧,逼仄。年轻人不多了,剩下农民、公务员、小老板、二流子、做题家、零工、老人、小孩。

即便在最鲜亮的春天,街道开出了时髦的奶茶店,你去望沧城,仍然像隔着一层灰扑扑的滤镜。大家按着时令找工去做,找饭去吃,费劲巴拉,时不时地还要找罪受一受。跟别处的小县城,差不多也是一样的。

但是大家活得都挺好。会讲价,会缝补,会跳舞,会骂架,家家户户的故事都精彩。老人家坐在门前嗑着火麻子倒是非,吐出的故事跟麻子皮一样碎。你去跟着听一听,沧城表面灰扑扑的滤镜就会被"欻"地撕开,露出底下清透碧绿的底色来,新鲜得很呢。

我记得沧城的很多女人,她们组成了我望向沧城的边框。她们饱含生命力,活得滋滋有味,在自己能够触达的范围内野心勃勃。我妈,我姑妈,我未见过的奶奶,我外婆,还有好多的亲戚,好多的邻居,好多的陌生人。她们有的把故事演给我看,有的把故事讲给我听。看我目瞪口呆时,她们又狡猾地笑:讲这些没有用,都是故事啦!

跟每个沧城人一样,我小时候曾经有过美梦。我的美梦是写作,别个的美梦不一定是什么。长大了,我也费劲巴拉地过上有点受罪但也滋滋有味的平凡生活,不再想什么美梦。上班,带孩子,卖菌子苦点零钱。

可是有一天,我突然想起一群沧城的女人,她们站在沧城的街头,站在山坡上,站在金沙江边。她们的脸有的我认识,有的我也没有见过。

我向她们走去。她们让我看见:要让一个女人向上走,不必给她梯子,也不必加以皮鞭,只需要让她们卸下颈上的锁链。

于是我就突然而然地，写了一大堆。

她们的故事自然而然地，流出来。真的假的，我都写得很快。我想是因为我爱她们，也真的被她们爱过。再说了，她们的故事也并不稀奇，在哪个小县城，没有过这样的女人，这样的故事呢？管他什么县城，也都在日光之下。

我的写作过程中还得到了许多女人的帮助，我的编剧朋友十三，我妈，我的编辑盐粒……她们帮我做完的不只是我的一个过期美梦，更是让我成为我自己。

于是我像一个沧城人那样，嗑着火麻子，倒一倒是非。我不敢认为我为女人们记录了什么，她们不需要别人的记录，没有别的记录是永恒的，她们自己就是自己的碑。

总有一天，她们会擦干自己所有的眼泪。不再有死亡，也不再有悲哀、哭号、疼痛，因为以前的事都过去了。

最后，亲爱的朋友，祝你也成为你自己，祝你美梦成真。

像她们一样，终会擦干自己所有的眼泪。

（全书完）

沧城

作者 _ 阿措

产品经理 _ 盐粒　　封面设计 _ 曹曹　　内文设计 _ 于欣
产品总监 _ 洪刚　　技术编辑 _ 顾逸飞　　责任印制 _ 梁拥军
出品人 _ 金锐

营销团队 _ 营销与品牌部

鸣谢（排名不分先后）

杨本芬　徐晨亮　张莉　子姜　柯瓜子　春霞
刘颖　刘树东　石敏　常青　阿缺

果麦
www.guomai.cn

以 微 小 的 力 量 推 动 文 明

图书在版编目(CIP)数据

沧城 / 阿措著. -- 昆明：云南人民出版社，2025.
2. -- ISBN 978-7-222-23513-7

Ⅰ. I247.5

中国国家版本馆CIP数据核字第2025RW9851号

责任编辑：刘　娟
责任校对：陈　迟
责任印制：李寒东

沧城
CANGCHENG

阿　措　著

出　版	云南人民出版社
发　行	云南人民出版社
社　址	昆明市环城西路 609 号
邮　编	650034
网　址	www.ynpph.com.cn
E-mail	ynrms@sina.com
开　本	770mm×1092mm　1/32
印　张	9.75
字　数	149 千字
版　次	2025 年 2 月第 1 版第 1 次印刷
印　刷	河北鹏润印刷有限公司
书　号	ISBN 978-7-222-23513-7
定　价	59.80 元

版权所有 侵权必究
如发现印装质量问题，影响阅读，请联系 021-64386496 调换。